더함 없는 이만함

김담희 지음

목차

제1장

자연에서 배움

여명의 순간

이른 아침
창문을 열면 먼저 눈으로 들어오는 샛별과 달빛
그리고 산 너머에서 붉게 떠오르는 여명

숲과 나무에서 풍기는 자연의 냄새
나도 모르게 눈을 감고
가슴 깊이 내쉬고 들이마시는 호흡

떠오르는 태양과 달빛과 별빛이 함께
공존하는 하늘 아래
내가 무엇을 분리할 것인가?

가슴으로 들어오는 차가운 공기
자연의 신선한 향기
하늘에서 보여 주는 조화롭고 미묘한

찰나의 아름다운 풍경
이른 아침
내가 체험한 자연이 보여 준 삶의 명작.

자연

달콤한 향
달콤한 속삭임
달콤한 맛

너에게서 느껴 보는
더할 나위 없는 이 달콤함.

햇살과 바람처럼

내 것이지만 내 것 아닌 것처럼 겸허함으로
남의 것이지만 남의 것 아닌 것처럼 유순함으로

바람이 너를 내게 보내 준 것처럼
햇살이 모두에게 빛을 주는 것처럼

우연히 공평하게 감사함을
나누는 삶이어라.

향기 1

그윽하고 기분이 좋아지는

그대의 향기를 내 온몸에 묻혀 주니

나는 그 향기 묻은 몸으로

누군가에게 또 그가 기분 좋아지는

향기를 묻혀 주고 싶다.

향기 2

가슴을 뛰게 만드는 향기

눈을 감게 만드는 향기

마음이 시원해지는 향기

입가에 미소를 머금게 하는 향기

어떤 향기라도 향기여서 좋네.

꽃잎 사랑

온갖 꽃들이 내게로 와
벗어 놓은 신발 안에 가득 채운 꽃잎

봄바람에 상처 입은 여린 꽃잎
만개한 화려한 꽃잎
더러 시들어 버린 꽃잎까지

분홍빛 붉은빛 꽃잎들이 저마다의 생을
내게로 와서 마감하는 처절한 시간

나는 꽃들에 미안하지만
수북이 쌓인 꽃잎 보며
행복한 미소를 지으며
꽃잎 사랑에 빠진다.

나는 꽃이 아니네

여기도 저기도 예쁜 꽃
그러나
나는 꽃이 아니네

아쉬운 맘 한가득
보자기에 접어 넣고

예쁜 꽃 사이
향기 속에 스며드는
바람이라도 되어 볼까.

꽃샘추위

입춘 지난 지 벌써 십 일
봄기운이 피어나듯 추위가 물러간 듯했다.

우리 집 매화는 수줍은 듯 살포시
꽃망울 하나를 터뜨렸다.

많은 봉오리 가운데 두 개의 꽃망울이
된 눈보라에 혹독한 몸서리를 친다.

여린 꽃잎이 활짝 피기도 전에
꽃샘추위 맛을 제대로 본다.

소복소복 조용히 내리는 눈꽃이라면
하얀 살결 드러내어 향기 피우고 아름다운 설중매를
마중하여 잉태라도 했을 텐데

바람에 날리는 눈은
우리 집 매화꽃에
시린 칼날처럼 느껴진다.

봄

산들거리는 봄바람에
설렘 가득 안고
꽃 마중 나가는 여인의 발길

꽃비 가득 맞고
웃음 지은 얼굴에
사랑 가득 따사로운 봄 햇살

언제나
그 저녁, 이 아침, 저 낮에도
함께하는 풍경이길.

매화 찬탄

예쁜 꽃 피우고 향기까지 피워
나를 설레게 하고 기쁨 주는 너를
눈 뗄 수 없어 쳐다보니

여린 꽃망울은 찬 바람에 흔들리고
부족한 영양분에 애써 피운
꽃망울이 애처롭게 작구나

내가 너에게 준 것이 너무 없구나
눈보라 속에서도 굳건히
너의 존재를 알리는 그 생명력에
고개 숙이며 너를 찬탄한다.

친구와 봄 소풍

 봄날이다.

 맑고 푸른 하늘에 태양은 눈이 부시고 여기저기 담장 너머에선 달콤한 매화 향기가 코끝에서 발길을 붙잡는다.

 활짝 핀 노란 산수유가 가지가지에서 피어나고 푸른 하늘 향해 하얀 목련이 터질 듯이 시간을 기다린다.

 양림동 펭귄마을에 다녀온 지 5개월 만에 다시 친구와 둘이서 펭귄마을에서 오붓한 시간을 보냈다. 골목골목으로 이어진 옛 주택은 정감 어린 시절을 회상하게 했다.

 이름 모를 꽃들이 여기저기서 피어나기 시작하는 것을 보면서 따뜻한 봄 햇살에 해맑게 웃음 짓는 친구의 얼굴이 꽃보다 아름답게 보이는 것은 내 마음 탓일까? 나무와 꽃들을 보면서 이름을 알려 주는 그녀의 해박한 지식이 순간 내 마음을 훔친 것인지? 나는 들음과 봄과 동시에 잊어버리고 생각나지 않는 것을, 그녀는 잘도 알고 있는 것 같다. 양림동 펭귄마을이 우리 두 사람에게 더욱 좋았던 것은, 공예 작품들을 많이 구경하고 구매도 할 수 있다는 것이 무엇보다 좋았다.

 다정히 팔짱을 끼고 골목을 누비며 눈에 들어오는 것을 찾아 헤매면서 오랜만에 즐거움을 만끽했다. 점심 메뉴는 샐러드와 피자로 간단히 먹은 듯했지만, 시간이 지나도 허기가 느껴지지는 않았다. 그곳에서 우리는 가슴에 묻어 둔 아픔도 잠시 공유해 보고 바깥 공기를 온몸으로 느끼면서 오후 시간을 보냈고, 시간은 도망가듯 우리를 또 멀어지게 했다. 여름에 시원하게 목을 감쌀 수 있는 리넨 스카프와 따가운 햇살로부터 하얀 얼굴을 보호할 수 있는 모자를 골라 서로에게 선물도 하면서….

세상살이 별것인가?
좋은 사람과 맛난 음식 함께 나눠 먹고 정담 나누면서 이렇게 보내면 되는 거지….
봄날의 따뜻한, 감성이 충만한, 소풍으로 즐겁게 보낸 하루가 분명하다.

봄 내음

향긋한 취나물을 준비하는 봄날이다.

가뭄에 목마르던 산천초목이 적으나마 내려 주는 빗줄기에 갈증을 해소해 주기를 바라는 마음이다. 드디어 저 앞산과 아파트 화단에 연분홍 벚꽃과 하얀 목련이 모습을 드러내고 있다. 이 비가 그치면 그야말로 황홀한 꽃 잔치는 또다시 시작되면서 많은 사람의 마음을 흔들어 대겠지….

시장에 나가 본 지 꽤 된 것 같다. 가까운 마트에서 반가운 마음으로 머위 순과 참취, 애호박 하나를 사서 집에 왔다. 된장 넣어 무친 냉이 나물을 어제까지 먹었다. 그래서 오늘은 깔끔하게 참기름과 조선간장 넣은 취나물을 준비한다. 몇 번을 씻어 내고 다듬어 뜨거운 물에 데친 후 찬물에 헹구어 건지는 과정에서 취나물의 향기는 내 코를 자극하면서 취하게 했다. 직접 야산에서 참취를 끊어 오던 그 시절이 생각났다.

식물에 대해 아무것도 모르던 어느 시절에 우리 부부는 산야초 공부를 시작했고 하나씩 알아 가는 기쁨과 함께 먹거리를 직접 채취할 수 있는 능력도 생겼다. 그러면서 언니 부부와 우리 부부가 동행했던 추억이 떠올랐다. 그때만 해도 언니의 허리와 다리가 견딜 만했던 것인지 열심히 참취를 찾아 헤맸던 그때가 새삼 귀하고 좋게만 느껴지는 날이다.

요즈음의 언니는 일반적인 보행마저 힘들어서 산에 가는 것은 말할 나위 없이 가까운 여행지도 갈 수 없는 형편이 되어 버렸다. 안타까운 현실이다.

봄나물의 대개가 진한 향기를 품고 있는 것은 무엇 때문인지 알 수는 없지만, 봄날이면 여리고 푸른 잎사귀들이 주는 진한 향기에 취할 때가 많다.

역시나 봄은 생명이고 환희다.

이렇게 아름다운 봄날 앞에서 언니의 활발했던 지난날은 다시 오지 않을 것인지 나이와 함께 생활고와 함께 망가진 언니의 몸이 어느 정도라도 회복되어 또다시 산을 오르고 향긋한 봄나물을 찾아 헤매는 날이 잠시라도 올 수 있기를 바라는 마음으로 오늘의 봄나물 무침 준비를 마친다.

목련

곱디고운 너의 모습에
내 마음이 설렌다.

단아하고 순결한 너의 모습에
내 몸이 깨어난다.

하얀 살결로 감싼 부끄러운 듯한 너의 모습에
나의 눈은 반짝이며 나의 손끝이
너를 향하고픈 마음에 잠시 호흡을 가다듬는다.

손이 닿지 않는 높은 곳에 피어난
너여서 다행이다.

나의 손이 너의 그 하얗고 여린 꽃잎에
행여라도 상처 남겨 다른 님이 안타까운 마음으로
너를 외면하지 않기를 바라는 내 마음

낮달에 더욱 너의 모습은 찬란한 빛으로
오가는 나의 발길 붙잡는 너를
내일도 가슴 설레며 보고 싶구나.

낙화

순결한 목련 꽃잎은 땅 위에 떨어지고
붉은 동백은 피기도 전에 봉오리가 툭툭
연분홍 벚꽃은 바람과 함께 아련한 사랑처럼 날리고

지나가는 어느 님의 발자취에 고운 꽃잎은
짓밟히고 상처 입어
내 가슴 휘어잡던
아름다운 모습을 잃어버려
아린 내 마음이 꽃잎 되어 흐느낀다.

사월의 봄날

맑은 하늘에 밝은 빛 태양
훈풍이 스치듯 지나가는 살결에
어느새 꽃비 그치고

초록으로 물드는 나무는
새순이 떨어질까 팔 벌려 햇빛 모으고
단비 그리며 잎사귀를 키우네

더울까 추울까 걱정 없는
지금처럼
모두에게 항상 봄이어라.

오월에

아름드리 커다란 푸른 나무에
종 모양의 하얀 꽃들이 주렁주렁

바람에 달콤한 아카시아 향기
울려 퍼지고

어느 집 담벼락과 공원 벤치 위엔
그늘 만드는 담쟁이넝쿨 사이

신비로운 보라 꽃
탐스럽게 피어나

두 손 모아 받치고픈 마음
향기와 색과 모양에

행복한 소녀가 되어
꽃향기 전하는 바람 되리.

花中王

30년을 넘게 나와 함께한 식물을 감싸던 화분이 어느 날부터 조금씩 부서지더니 손을 댈 수 없을 정도로 망가지기 시작했다. 마땅한 화분이 집에 없어 짝꿍과 나는 날을 잡아 화분 시장에 갔다. 필요한 몇 개의 화분을 고르고 병충해 약도 준비했다.

꽃 화분을 구경하고 있는 내게 짝꿍은 맘에 드는 것을 골라 보라고 한다.

가녀린 야생화 몇 개를 고르고 내 눈과 맘을 사로잡은 또 하나의 화분에서, 나는 풍요로운 아름다움을 보았다.

얼마 전까지만 해도 꽃 중의 꽃은 장미라고만 생각했는데….

지금까지 보아 왔던 여느 꽃과는 다른 너무도 탐스럽고 청초한 색감과 꽃잎이 겹겹이 싸인 그 꽃은 다름 아닌 모란꽃이었다.

노란빛을 약간 머금은 얼굴 크기의 아름다운 자태를 뽐내며 유혹하는 그에게 나는 넘어가고 말았다. 몸값을 물어보니 놀랄 만큼 비싸다.

다시는 식물을 데려오고 싶지 않은 내 마음과 다르게 나는 또 식물의 유혹을 뿌리치지 못하고 제법 비싼 값을 치르며 그를 데려왔다.

그에 맞는 화분을 골라 전문가에게 맡겨 알맞은 조건을 만들어 집으로 들이는 것부터 힘들었다. 생각보다 무거움에 이동이 힘들고 탐스럽게 피어닌 커다란 꽃송이에 상저를 입힐까 봐 조바심을 내며 정성으로 물을 흠뻑 주고, 다음 날 제자리를 찾아 거실 양지바른 곳에 두었다.

향기가 온 집 안에 스민다.

옥탑에는 자잘한 야생화가 활짝 피어 바람에 넘실거리며 색색이 아름다운 모습을 보인다. 위·아래층을 넘나들며 이들의 아름다운 모습에 시름이 달아난다.

우리 부부는 꽃을 살피며 미소를 짓는다. 제법 덩치 크고 몸값 비싼 꽃의 이름은, 꽃집에서의 명패는, 목단이라고 적혀 있었다.

모란을 한자어로 표현한 것이 목단이라고 한다.

김영랑의 시가 생각난다.

모란이 피기까지는

모란이 피기까지는
나는 아직 나의 봄을 기다리고 있을 테요
모란이 뚝뚝 떨어져 버린 날
나는 비로소 봄을 여읜 설움에 잠길 테요
오월 어느 날 그 하루 무덥던 날
떨어져 누운 꽃잎마저 시들어 버리고는
천지에 모란은 자취도 없어지고
뻗쳐 오르던 내 보람 서운케 무너졌느니
모란이 지고 말면 그뿐 내 한 해는 다 가고 말아
삼백예순 날 하냥 섭섭해 우옵니다
모란이 피기까지는

나는 아직 기다리고 있을 테요
　찬란한 슬픔의 봄을

　피어나는 찬란함과 지고 마는 슬픔을 절절하게도, 내 마음 대신해 표현해 준 당신, 감사합니다.

　모란꽃의 아름다운 모습에 눈이 황홀하고 향기에 코와 마음이 행복하다.
　그렇게 삼 일 정도를 흠뻑 취해 보고 있노라니, 어느 아침 거실에 나와 보니 겹겹이 싸여 있던 꽃잎이 바닥에 처연하게 떨어져 생기 잃은 모습으로 나를 맞이한다.
　떨어진 꽃잎을 주우려 손을 대니 그 촉감이 아기의 속살같이 보드랍다.
　향기 또한 은은한 것이 도저히 버릴 수가 없다.

　적당한 크기의 접시를 마련해 떨어져 나간 꽃잎들을 모아 본다.
　모란꽃의 아름다움은 이미 내 안에서 富貴花가 되어 있는데, 속절없이 지고 있는 모란꽃을 지켜보고 있노라니 아쉬운 마음에 모란과 관련된 자료를 검색하다가 비슷한 모양의 작약꽃도 알게 되었고 작약꽃의 명소까지 찾게 되었다.

　전북 임실에 소재해 있는 옥정호 작약꽃밭을 설레는 마음으로 찾았다.

5월 1일 오전 일찍 찾아간 그곳엔, 더러 자동차와 사람들이 보였다. 사람들의 뒤를 따라 얼마 가지 않은 곳에 푸른 옥정호와 작약밭이 보였다. 생각과 다르게 너무 이른 방문에 작약꽃은 꽃망울을 터트리지 않은 상태였다.

　몇 송이 피어난 작약꽃을 상대로 아쉬운 마음 담아 몇 컷의 사진을 찍고, 내려오는 길에도 여전히 방문객은 끊이지 않고 계속 이어지고 있는 것 같았다.

　화려하게 울긋불긋 만개한 작약꽃과 옥정호를 배경으로 그럴싸한 사진을 찍고 싶었던 내 마음은, 머지않은 날의 방문을 기대하고 주변 관광지 몇 곳을 둘러보고 왔다.

　예쁜 꽃은 가슴을 설레게 하고 눈을 즐겁게 하며 마음에 행복을 선사한다. 삶이 꽃인 것처럼 순간순간의 시간을 설레고 즐기며 살아갈 수 있다면 좋으련만 하는 생각을 해 본다. 내가 해야만 하는 일들을 숙제처럼 머리 무겁게 생각하는 나는, 삶을 좀 더 편안하고 유희하듯 살아가는 자세가 필요한 것만 같다.

　아름다운 꽃을 찾아가는 내 마음이 예쁜 꽃이 되어 향기 피우는 삶을 만들어 보자고 나는 또 나에게 넌지시 마음의 약속을 받아 낸다.

벚꽃 초대장

해마다 삼월 말에서 사월 초가 되면 내게 보내오는 초대장이 있다.

아득한 젊은 날, 그이와 우연히 축제에 들러 주인공이 되어 버린 날의 그 환희를 잊을 수가 없어서, 삭막한 일상을 벗어난, 그날의 행복한 기운을 추억이라도 하고 싶어 우리는 그 초대에 잊지 않고 참석한다.

짧은 날, 화려하게 유혹하고 바람 타고 가 버리는 그 님의 축제장.

참석할 때마다 늘 같은 듯 다른 모습으로 우리를 반긴다.

쌍계사 하동 벚꽃 길, 섬진강 변에 줄지어 늘어선 건너편엔 산자락을 뒤덮은 연분홍 꽃물결.

나 외에도 축제에 초대된 많은 인파가 줄지어 있는 이곳, 도로변에는 키 큰 왕벚나무들에서 피어난 탐스러운 꽃송이들이 터널을 만든다.

같은 장소, 같은 시기지만, 내게 들어오는 감성은 사뭇 다르다.

어떤 때는 향기와 함께 같이하고, 어떤 날은 색감과 함께 같이하고, 어떤 때는 생명력을 확인하면서, 또한, 어떤 날은 미세 먼지로 뿌연 하늘의 흐릿한 이미지로.

처음 초대장의 주인공을 만났을 때의 그 마음, 설렘과 행복했던 그닐의 삼박사.

햇빛과 바람과 적당한 기온에 강 물결이 잔잔히 일렁이며, 눈이 부신 햇살 사이로 바람 한 점 일으키면 분분히 떨어지는 벚꽃잎은

내 앞에 행운을 안겨 주듯이 그렇게 자리하고 난 무심한 행복에 젖
곤 했다.

　그러나, 그 이후 그런 느낌을 두 번은 체험하지 못했다.

　단 한 번이면 어쩌랴?

　그 행복한 시간을 기억하며 매년 오는 초대장을 받아 들고 기대
하며 길을 나선 그 순간도 행복인데….

상춘곡

올해는 아름다운 꽃이 내게로 와서 유혹하길 기다리지 않았다.
화려하게 꽃물결 파도치고 향기 내뿜는 그들을 내가 찾아 나섰다.

하늘과 구름이 맞닿을 듯 높은 산자락에 끝없이 펼쳐진 황매산의
철쭉.
푸른 바다를 앞마당 삼아 꽃물결이 파도치는 오월 고흥의 작약.
지나는 들판을 온통 노란빛으로 세상 가득 메울 듯한 월출산
자락 영암의 유채꽃.
꿈처럼 아련하게 짧은 시간 보여 주고 자취 감추는 벚꽃.
추위를 이겨 낸 향기 진한 매화.

꽃들은 아름다운 자태와 향기로 늘 나의 봄을 풍요롭게 한다.
짧은 이 봄날, 화려한 꽃물결 파도치는 이 짧은 행복이 아쉬워서,
남기고픈 마음이….
두 눈에 꾹꾹 눌러 보고, 가슴에 채워 보고 사진으로 마무리도 해
본다.
가는 이 봄이 아쉬운 건 나뿐이랴?
꽃들은 낙화로 서럽고 내 청춘 같은 봄이 가는 이 길목에서 나는
얼마 남지 않은 또 다른 봄을 기다려야 하는 것이 서럽다.

비 내리는 유월

비에 젖은 꽃잎, 나뭇잎, 푸른 풀잎은 싱그러운 냄새를 풍긴다.
길을 가던 내 발걸음을 잠시 머무르게 한다.

유월엔 얼굴만큼 커다란 탐스러운 수국꽃이 여기저기서 자태를
뽐내고 길가에 늘어선 이름 모른 흰 꽃이 잔잔히 피어나 은은한 향
기를 피우고 내리는 빗줄기에 고개 숙인 풀잎은, 햇빛 쏟아지는 날,
바람과 함께 사랑 나눌 채비를 한다.

길가 카페 안 사람들은 얼음 잔뜩 넣은 찬 커피를 앞에 놓고 서로
의 맘을 탐색하는 듯 열심히 종알거리며 입술에 커피를 갖다 댄다.
낮익은 음악과 커피 향은 나를 유혹하지만, 바쁜 걸음으로 유혹
을 떨쳐 내고 가던 길을 간다.

오르막길에서는 거친 숨을 몰아쉬며 멀고 험난한 여행길을 생각
하며 예행연습이라 여긴다.
어제도 오늘도 열심히 몸을 움직이며 운동을 하고 집에 돌아오
면, 여지없이 앞산 뻐꾸기는 울음소리를 낸다.
유월 어느 비 내리는 날, 자연이 보여 주는 아름다움과 소리에 행
복한 순간을 가질 수 있음은 내가 지금 살아 있다는 것을 실감케 해
준 선물이다.

유월의 우리 집 풍경

 햇빛을 향해 날로 꽃대를 키워 나가는 야생화와 도라지, 드문드문 피어나는 장미, 푸르름을 뽐내는 매화나무, 노란 꽃을 피우고 열매를 맺기 위해 몸부림치는 오이와 방울토마토.
 머지않은 산 너머에서 들려오는 뻐꾸기 울음소리.
 작은 화분들에서 양분이 부족하고 땅의 기운을 제대로 받지 못한 우리 집 식물들이 그래도 제 몫을 다하기 위해 애쓰는 모습이 기특하기만 하다.

 서투른 농부의 흉내를 낸 작품 가운데 고추와 깻잎.
 상추도 빠질 수 없지만, 가장 쉬운 것은 상추 재배라고 말한다. 벌써 상추는 몇 번을 솎아 먹은 것도 같다.
 깻잎 역시 전을 부쳐 먹으면 바삭함과 향기가 입 안에 풍기면서 기분을 좋게 한다.

 옥탑 테라스에 작은 텃밭을 가꾸는 재미가 제법 쏠쏠하다.
 들여다보고 살피며 잡풀을 뽑아 주고 진딧물을 잡아내며 식물들과 깊은 교감을 하는 순간, 내 몸에 벌레가 한 마리만 지나가도 소리치고, 배고프면 온갖 것에 식탐의 눈길을 보내고 몸이 후들거려서 힘들어하는데, '너희는 얼마나 힘이 들겠니?' 하는 생각들을 하면서 애틋한 마음에 손길과 눈길을 자주 보낼 수밖에 없다.
 화답하듯이 푸르름을 보이고 꽃을 피우고 열매를 맺어 주니 기쁘고 고맙고 행복한 순간이 아닐 수 없다.

한여름의 선물

비 그친 뒤
어디선가 불어온
부드러운 바람결
내 얼굴을 간지럽히니
무더운 한여름
선물처럼 찾아온
곁에 두고 싶은 너.

어느 해 칠월

짙푸른 녹음이 산자락을 뒤덮은 칠월
더운 열기가 온몸을 감싼다.

때때로 푸른 하늘이 열리고
흰 구름이 무늬를 만들어

한 점 바람을 몰고 오는 어느 때
가슴으로 스미는 시원함이 반갑다.

연일 계속되는 빗줄기 세례에
끈적이고 눅눅한 사방
강렬한 태양이 떠오르길 바란다.

푸른 산자락은 짙은 구름에
회색빛으로 변하고

눈길을 해치는 세찬 빗줄기에
가녀린 야생화는 뿌리가 뽑힐 지경이다.

작은 화분에서 햇빛을 보지 못한
식물들은 제 빛깔을 잃어 보인다.

그 가운데 힘을 얻어 꽃을 피운 장미를 끊어

향기와 함께 거실로 들이고 싶은 마음을

애써 참으며 이 비가 그치길
기다려 본다.

장마가 끝나고 무더위가 한창인 중복에 와 있다.
아침부터 조금만 움직이면 땀범벅으로 몸은 끈적임의 연속이며 무슨 벌레에 물린 것처럼 이곳저곳이 붉게 부어오르고 심한 가려움에 힘든 나날이다. 몇 년 전에도 그랬다. 온열성 피부 질환?

사람들은 보양식을 찾아 먹기도 한다지만, 나는 그저 평범한 삼시 세끼.
푹푹 찌는 듯한 이 폭염으로 모든 것이 지치고 힘들어한다.
그런데, 진한 아픔과 고통을 이 더위와 함께하는 이도 있으니 내 마음이 짠하고 슬프다.

평범한 일상에 치료 약을 먹지 않고, 세끼를 거르지 않고 먹을 수 있고, 움직일 수 있다는 것이 얼마나 다행이고 감사한 일인지~

저녁 풍경

붉은 노을이 아름답게 채색된 저녁 하늘
높게 솟아오른 아파트 사이 그중 하나
우리 집
사방으로 둘러싸인 아파트 단지는
요즈음 도심의 모습이다.
그나마 우리 집 옥탑에 올라 보니
서쪽 푸른 하늘을 중심으로 붉게 물들어 가는
풍경을 보니 오랜만에 마음이 설렌다.

때마침 불어오는 시원한 바람과 여유가
저녁 풍경에 **畵龍點睛**이 되는 순간이다.

여름밤의 낙원

눅눅함과 꿉꿉함이 함께하는 8월
쉽게 잠들 수 없는 여름
아무리 가벼운 옷도
몸에 걸쳐져 있다는 사실만으로도
부담스럽고 더워진다.

시원한 물줄기에 몸을 식히고
향긋한 냄새로 몸을 단장하고
가장 편하고 가벼운 옷을 입고
세상 편한 자세로 누워도 보지만
그것도 잠시
다시 끈적한 땀이 몸에서 흐르고
단정했던 자세도 흐트러지고
몸부림치며 눈을 감았다가 뜨기를 반복한다.

청정 마을 체르마트
푸르른 초목과 우뚝 솟아오른 루체른
흐르는 물소리
밤하늘의 반짝이던 북두칠성을
천장 삼아 잠들었던 그 시간을 떠올려 본다.

그래도 잠들 수 있어서 다행이다.

자연에서 배움

붉은 노을빛과 초승달이 저녁 하늘을 수놓고 지나간 자리.
어두운 밤하늘에 하얀 뭉게구름.
좀처럼 보기 힘든 야경에 고개 들어 한참을 올려다본다.
멀지 않은 집 앞, 나지막한 산에서는 쉴 새 없는 풀벌레 울음소리.
고요가 짙어지는 밤을 향해 가슴 깊숙하게 스며든다.

끝날 것 같지 않던 무더위도 주춤하며 자리를 비켜 가고 제법 서늘하게 느껴지는 밤의 공기가 그지없이 좋다.
힘들고 지친 이들이 서늘한 공기 마시며 부디 쉬어 가길.

세상의 모든 만물이 생사를 윤회하듯, 멈춤과 움직임의 연속에서 비켜 나갈 때와 나서야 할 때를 분명히 하는 것이 얼마나 중요한가를, 자연의 순환 속에서 다시 한번 느끼고 배워 나간다.
모든 생물을 생육하고 하늘에서 밝게 빛나는 태양일지라도, 밤에 빛나는 태양은 없듯이 본분에 맞게 물러나고 감출 줄 아는 지혜를.
밤하늘의 별과 달빛도 아침이면 태양에 자리를 내놓을 줄 아는 겸손을.

바람결

7월의 마지막 주 수요일, PC를 열어 지난 나의 글을 읽어 보고 몇 자 적어 본다.

창문으로 들어오는 바람이 이토록 달콤할까를 생각하게 한다.

음악 소리의 볼륨을 키우고 의자에 머리를 기대 본다.

잠시 하던 것을 멈추고 온전히 바람결을 느껴 본다.

바깥 햇살은 눈부시고 뜨겁다.

작은 화분들에서 자라고 있는 식물들은 태양 빛에 지쳐 가는 것만 같다.

맞닿은 피부에서는 땀이 나려고 한다.

머리카락을 날리는 시원한 바람결이 내게 또 들어온다.

눈이 사르르 감긴다.

달콤한 이 바람결 붙잡고 싶다.

계절의 변주곡

뜨거운 태양과 깊은 초록의 무성함 가운데서 붉은빛의 꽃으로 눈길을 사로잡는 배롱나무꽃은 여름을 갈무리하고 가을을 준비하는 지금까지 약 100여 일 동안 피고 지기를 반복한다.

자세히 살펴보면 줄기 아래에서부터 위로 꽃이 피어나는 것을 알 수가 있다.

지금은 구월, 서늘한 바람과 내리쬐는 햇살과 깊은 가을을 준비하는 비에 마지막 꽃잎들이 저 가지 위에서 속절없이 떨어진다.

붉은 꽃잎은 지나가는 어느 님의 발길에 처참히 짓이겨 놓은 듯, 화려했던 지난여름의 붉고 화사했던 모습과는 다르게 붉은 물을 남기고 초라한 모습으로 내 눈에 들어온다. 길을 지날 때마다 짓밟혀 버린 꽃잎들이 내 가슴 안의 못다 이룬 소망이 부서지는 느낌으로 와닿는다. 그냥 지나칠 수 없어 한 동안을 멍하니 바라보며 발길을 멈추어 선다. 뜨겁게 느껴지는 햇살이 고개 숙인 내 목을 자극한다.

발걸음을 옮겨 나무 그늘에서 주변을 살피려니, 한여름의 바람과는 다른 제법 청량한 가을바람이 자극받았던 목을 시원하게 해 준다.

퇴색되어 가는 초록의 나뭇잎과 지는 꽃, 푸른 하늘에서 갖가지 수를 놓는 구름, 선명해지는 달빛, 가을을 알리는 꽃들이 향기를 내뿜으며 피어날 내일.

내일의 내게 올, 또 나른 내일을 위하여 나는 오늘을 미련 없이 소리로 듣고 색으로 보고 느끼며 계절의 변주곡으로 받아들인다.

자연의 힘

알곡들이 신나게 자연에서 에너지를 받고 있다.

이른 아침과 해 지는 저녁이 되면 옷깃을 여미게 하는 찬 바람이 느껴지고 한낮이면 뜨거운 햇살과 살갗을 간지럽히는 바람이 이들의 살을 찌우느라 바쁘다.

산들바람처럼 내 마음과 눈이 여기저기를 가볍게 지나다닌다.

어느 님의 밭에선 빨간 고추가 여물어 바쁜 손놀림으로 똑각똑각 고추를 끊어 내느라 바쁘고, 어느 님의 밭에선 머리보다 크게 자란 호박이 노랗게 물들어 가고, 어느 님의 밭에선 이름 모르는 곡식이 무거움에 고개 숙이며 쓰러질 듯 빼곡하게 줄을 서 있고, 어느 님의 밭과 논에선 잠자리가 노닐고 있는 풍경에 내 것인 양 부자가 된 것처럼 뿌듯하다.

자연의 어느 것 하나 필요하지 않은 것이 없다.

인간이 필요로 하는 음식물과 동물에게도, 지천에서 나고 자라는 모든 식물과 나에게도….

수묵화 선물

　잔잔히 부는 바람, 푸른 하늘의 서녘 노을, 가녀린 초승달, 회색빛 구름 한 점, 반짝이는 불빛과 도시의 건물 사이에서 아름다운 한 편의 그림을 본 듯이 가슴이 평온해지고 눈이 번쩍이며 순간에 수많은 선율이 뇌리를 스친다.

　멋진 수묵화 한 장을 담아냈다. 보고 또 보아도 감탄사가 나오는 자연이 내게 보여 준 아름다운 선물이 분명하다.

　자연이 그리는 색채의 향연은 아침부터 밤까지 하늘에서 땅까지 이어지고 있다.

　매일 아침 눈을 뜨고, 오늘은 어떤 사람과 어떤 대화를 하고, 탁구장에서는 누구와 공을 주고받으며, 나와 인연의 시간을 가질 것인지 오늘 하루도 무사히 잘 보낼 수 있기를 마음속으로 기도하면서 시작하고, 밤이 되면 그야말로 편한 몸과 맘으로 안락의자에 기대어 잠시나마 눈을 감고 왈츠를 추듯 몸과 맘이 리듬 있게 움직이는 듯하다.

　나의 기대와 바람과는 별개로 지나치는 사람들의 언행에 상처를 입고 아파하는 날이 더러 있다. 그런 날을 보내고 밤이 되면 휴식의 시간은 더욱 달콤하다.

　마음속에서 누리는 여백의 순간 또한 내게는 마음속 수묵화 한 장.

단풍별

가을 햇살에 별빛 같은
단풍잎이 발 아래 쏟아진다.

사랑을 기다리는 초록빛 단풍별
사랑이 시작된 노을빛 단풍별
사랑에 충만한 붉은빛 단풍별

생을 마감한 듯
고통에 말라 버린 단풍별

고개 들어 눈 부신 별빛 터널 사이
오색 빛 단풍별이 잔치를 벌인다.

수많은 사연 가진 오색 빛 단풍별 사이
내 눈과 마음 그대 눈과 마음에도
찬란한 별이 되어 물들어 가는 시간.

가을에

황금 융단 끝없이 이어지는 길
미끄럼 타듯
가벼운 발걸음은
당신이 만들어 주신
아름답고 황홀한 세상으로 가는 길

이 가을에 깊은 연모가 생겨나
황금 융단 위에서
가슴 벌려 받아들인
시리도록 아름다운 당신의 모습.

파란 하늘이 내 마음이라면

파란 하늘이 내 마음이라면
하얀 뭉게구름 당신이 그려 놓은 곳
맑고 넓은 호수 위에 비추고 싶어.

파란 하늘이 내 마음이라면
붉은 저녁놀 당신과 함께
산등성이 올려다보는
그 님에게 보이고 싶어.

내 마음이 파란 하늘이라면
검은 구름 만드는 당신의 아픈 마음
소나기로 시원하게 씻어 주고파.

내 마음이 파란 하늘이라면
당신의 아름다운 눈에
한 조각 하얀 뭉게구름
영원토록 품어 주고파.

비 그친 뒤

우산을 접고 가던 길을 멈추었다.
구름 사이 고개 내민 햇살
투명하고 영롱한 빗방울이
앙상한 나뭇가지에 매달려
나의 발길을 잡는다.
고개를 돌려
이쪽저쪽 사방의 나뭇가지를 살펴본다.
비 그친 뒤
햇살과 빗방울이 찬란한 합주를 하는 순간이다.
비 그친 뒤
세상은 또 아름다운 모습으로
내 가을에 열매가 되는 선물을 주고 가는구나.

11월의 설경

아침에 일어나 창문을 열자 하얀 눈이 창밖 난간에 쌓여 있는 것을 보고 깜짝 놀랐다. 요사이 기온이 많이 하강하여 겨울옷을 입지 않고 외출한 것을 후회한 적이 있었다. 그리고 어젯밤은 바람과 함께 제법 추위를 많이 느낀 시간이었다.

그러더니 늦잠을 자 버린 내게 선물처럼 하얀 눈은 여기저기 아름다운 설경을 보여 준다. 바쁜 아침 시간에 여유 없이 하얀 눈을 감상하고 식사와 뒤처리를 하고 보니, 어느새 햇살에 굴복당한 하얀 눈은 자취 없이 사라져 버린 곳이 많다.

11월에 첫눈이 쌓일 만큼 내린 것이 내 기억으론 40년이 넘은 것 같다.
멀지 않은 집 앞동산에는 늦은 시간까지 정말 떡가루를 뿌려 놓은 듯하다.
시간의 흐름에 자취를 감추어 버린 하얀 눈을, 아쉬워하는 내게 짝꿍은 앞으로 계속 보게 될 눈이라며 위로한다.

내 마음을 설레게 하는 것이 있다는 것이 다행이다.
이 생명이 끝나는 날 자연으로 돌아갈 내가 자연으로 설렘을 느낀다는 것이 더욱 다행이다. 그렇게도 더위를 참아 내고 이겨 내는 것이 어렵던 여름을 보내고 가을을 온전히 느끼지 못한 채 겨울이 오고 있다.
몇 번의 계절을 느끼고 향유하며, 나의 몸은 아름다운 저 자연으로 돌아갈 것인가?

자연이 훼손되지 않는 일에 적극적이어야 할 것만 같다.

하얀 눈을 보며

1.

동트기 전 이른 새벽녘
온 세상이 흰 눈을 업고
발길 내딛는 곳마다 눈밭이다.
하얀 눈밭에 아무도 지나가지 않은
흔적 없는 하얀 세상에
첫 발자국 남기며 지나가는 부지런한 그대
흠 없는 깨끗한 것만 그대 발 아래 묻히기를
하얀 세상에 오직 그대 발자국이 남겨지길.

2.

겨울에 피어난 눈꽃 세상에서
나는 뿌리내리고 싶다.
우리가 지나가는 길에 마음이 있고
우리가 지나온 길에 얼굴이 보이듯
순백의 반짝이는 하얀 눈꽃 세상을
따라 내 마음이 묻히고
내 발 아래 사각사각 소리 내 주며
가벼이 내려앉는 하얀 눈밭에
내 얼굴을 보여 주고 싶다.

눈물 1

눈이 녹아 비가 된다는 날의 雨水
눈물이 흐른다.

항아리 뚜껑에도 눈물이 고였다.
찬란한 태양 빛에 투명한 빛이 고인다.

잔바람에 항아리 뚜껑 안의 눈물이 일렁인다.
바람과 햇볕이 함께 눈물을 말려 간다.

눈이 녹아 비가 된 날의 풍경이다.
내 가슴 안에 애수가 눈물 되어 흐른다.
사랑이 나의 눈물을 거두어 간다.

눈물 2

여기저기 사방에서 눈물이 흐른다.
눈이 부신 진한 햇살에
순백의 하얀 눈꽃들이 사그라지면서
소리 없는 흐느낌이 남긴 눈물

저 먼 무등산 꼭대기에
펼쳐진 눈꽃과 햇살의 애무는
황홀함에서 벗어나지 못하고

내 가슴 안에선
거짓 없는 순수한 사랑의 하모니
가득 안겨 드니
이 자연의 품에
언제인가 잠들 나를 생각하며
가벼이 발길 내어 본다.

겨울 산행

나의 입을 거쳐서 들어오는 수많은 음식과 공기가 모두 나의 몸에 유익한 것이 아니다. 나의 혀와 입술을 거쳐 소화 기관을 통해서 뇌까지 전달되는 과정에서 나를 행복하고 짜릿하게 하는 음식들이 더러 있다. 또는 입에 들어오는 것부터가 즐겁지 못한 음식들도 있다. 어떤 것이 나의 몸을 건강하게 만들어 주는 에너지가 되어 주는지 느낌으로는 이미 알고 있다.

그러나, 입이 행복한 음식은 결과적으로 건강한 나를 만들어 주지 못한다는 것을 알기 때문에 멀리하려고 하지만 쉽지는 않다.
그러면, 나의 입 밖으로 나가는 것은 온전하고 아름다운가?
입 속으로 들어간 음식과 공기를 통해서 내가 만들어지지만, 나의 입 밖으로 나가는 것은 무엇을 만들며 누구에게 어떤 영향을 주나?

청명하고 햇빛 좋은 날의 겨울이다. 이틀 전에는 눈이 내렸지만, 무등산의 바위와 나무들은 하얀 눈을 업고 햇살을 받으며 오가는 등산객들의 눈요기를 제대로 시켜 주는 듯하다. 계곡에서 흐르는 물소리가 청아하다. 겨울을 준비한 나무들은 앙상한 가지만 삐죽삐죽 이곳저곳에서 하늘을 가리운다. 파란 하늘과 하얀 구름이 무등산 정상 위에서 겨울 공연을 하는 것만 같다. 가파른 등산로를 숨차게 걸으면서 한적한 풍경을 오롯이 감상할 수 있는 곳을 찾는다.

무등산 자락의 사찰들이 오늘따라 더욱 아름답게 보인다. 단청으로 아름답게 색칠한 처마 밑에선 아직 다 녹아내리지 못한 고드름과 푸른 하늘이 조화롭게 보인다. 발을 내디딜 때마다 숨이 차오른다. 마스크가 안경의 시야를 방해한다. 살짝 마스크를 내려 본다. 폐 깊숙한 곳까지, 산자락의 맑고 정겨운 흙과 나무 냄새가 어우러져, 순간 황홀한 호흡에 기쁘다. 그러면서 내가 입 밖으로 내쉬는 이 호흡마저 미안한 생각이 든다. 내 몸에서 뿜어져 나오는 작은 에너지가 나쁜 기운은 아닐까 하는 걱정도 하면서 순간에 나는 많은 생각을 하게 되었다.

내 입에서 뿜어져 나오는 작은 호흡이 어떠한 생명체에도 해가 되지 않기를 바라는 마음이 간절하고, 내 입에서 나오는 말들이 그 누구에게라도 조그만 상처가 남지 않도록 해야 한다는 생각을 깊이 있게 하면서 산을 오르내린 오늘, 나는 저 높고 맑고 푸른 하늘처럼 커지는 나를 상상하며 오랜만의 산행에 몸과 마음이 편안하다.

눈꽃 맞이 드라이브

하얀 눈꽃이 바람과 함께 춤을 추며 어지럽게 날린다.
오랜만의 추위가 겨울을 실감하게 한다.

바람에 눈꽃들이 무리 지어 구름처럼 도로 위에서 띠를 만들어 낸다.
창밖의 나무에 앉은 눈꽃들이 구름 사이로 태양 빛을 받으면 보석처럼 반짝거린다.
따뜻한 자동차 안에 앉아 겨울 풍경을 감상하며 백수 해안 도로를 지나가는 모습이다.

좁은 길 사이로 차량들은 줄을 서서 지나간다.
성탄 전날의 휴일이며 주말 오후 시간이다.
황홀한 일몰을 보고 싶어 찾아 나선 길이지만 일찌감치 포기한 방문이다.

맑은 날씨에 구름 없는 곳에서 태양은 찬란하게 떠서 바다 안으로 내려가는 모습을 보여 주기 때문이다. 오늘 날씨는 눈보라와 바람과 구름이 주인공이 되어 버려서 태양이 저무는 모습을 보기는 어려울 것 같다.

딴골집 카페 주인 역시 안타깝게도 오늘은 일몰을 감상하기 어렵겠다고 말을 한다.
진한 커피에서 향기와 김이 모락거리며 유혹한다.

카페 밖으론 눈보라가 매섭다.

바다는 회색빛이 되어 앞이 보이지 않는다.

바람에 파도만 일렁일 뿐….

이렇게 여유로운 시간을 사랑하는 당신과 함께하는 것이 참으로
좋다.

눈꽃 1

봄이 오는 길목에서
뜻밖의 님을 만났습니다.

그는 나를 움츠리게 하는
강력한 바람과 함께 왔습니다.

눈부시게 빛나며
만지면 형체도 없이 사라지고 마는

보는 것만으로도 황홀하지만
영원히 함께할 수 없는

피어날 꽃들에 반갑지 않은
그대는 눈꽃입니다.

눈꽃 2

하얗게 세상을 뒤덮은 눈.

하얀 눈꽃 피는 이 겨울이 난 좋아.

돈을 주고도 살 수 없고 간직도 할 수 없지만 하얀 눈꽃을 볼 수 있는 지금 이 순간이 나에겐 행복이며 감성 넘치는 마음의 부자가 아닐 수 없다.

이른 아침 하얀 눈길 위로 자동차의 행렬이 시작되었다.

어느덧 회색빛 아스팔트는 감추었던 자신의 세력을 과시하듯 넓혀 간다.

하얀 눈길은 자취 없이 사라져 가고 출근하는 자동차의 바쁜 움직임만 보인다.

눈을 돌리고 자리를 옮겨 본다.

설산의 아름다움이 마음 안에서 황홀함으로 가득하다.

동쪽으로 높고 넓게 자리한 무등산의 하얀 눈꽃 비경에 가슴이 뛴다.

마음으로는 몇 번을 오르고 소리를 질러 댄 것 같다.

도시의 높은 건물들이 설산의 아름다운 자태를 부분부분 가리는 것이 아쉽다.

언젠가는 이마저도 볼 수 없는 상황이 될지도 모르겠다.

눈꽃 3

아침에 일어나 창문을 열어 보니 눈발이 날린다.

오늘은 눈이 제법 내리려나 보다.

늦은 아침을 먹고 짝꿍은 일찍 외출에 나섰다. 차 한 잔을 가볍게 마시고 집안일을 시작했다.

청소를 시작한 지 얼마 되지 않아 앞이 보이지 않을 만큼 눈보라가 심상치 않게 휘날린다. 소복하게 모든 사물에 하얀 눈이 업혀 있다. 순간순간 창밖으로 시선을 보내면서 일하는 사이 쨍한 햇살이 환하게 거실 안을 비춘다. 하던 일을 잠시 놓은 채 급한 걸음으로 옥탑으로 올라갔다.

옥탑 넓은 유리창에 눈보라가 흔적을 남기며 아름다운 눈꽃 몇 개를 선사해 놓았다.

햇살 아래서 하얀 눈꽃들이 반짝인다. 휴대폰을 챙겨 밖으로 나가려는 사이 유리창에 피어 있던 눈꽃은 어느새 사라지고 없다. 마른 풀잎에 내려앉은 하얀 눈꽃이 바람에 흔들리며 나를 유혹한다. 햇살이 무섭게 눈꽃들의 생을 거두어 간다. 이토록 아름다운 하얀 눈꽃의 실체가 사라지기 전에 내 휴대폰 카메라에 담기 위해 애를 썼다. 바람과 햇살의 합작품으로 하나둘 눈꽃이 사라져 가는 모습이 안타까워 한참을 바라보다 다시 하던 일을 마무리하기 위해 청소기를 분리하고 불걸레질을 하며 바쁘게 움직이는 사이 또다시 눈보라가 휘날린다. 하얀 눈꽃의 생이 여기저기서 피어난다. 바라보자니 어느새 또 햇살이 나온다.

역시나 그 햇살에 사라지고 마는 눈꽃이다.

12월 겨울 중 이렇게 눈 내리며 혹독하게 추운 적이 얼마나 있었던가?

사람들은 춥다고 몸을 움츠리지만, 내 마음만은 이 겨울에 피어난 하얀 눈꽃들에 뺏겨 가슴을 쫙 펴고 두 팔을 벌려 사랑하는 마음으로 반긴다.

이 추위를, 추위에 내려앉은 하얀 눈꽃을….

하얀 눈 방석에 촘촘히 박힌 보석 알처럼 햇빛으로 더욱 눈이 부시게 아름다운 그림이 펼쳐진 아침이다.

사방에 펼쳐진 하얀 융단과 눈 방석이지만, 유독 내 집 옥탑 테라스에는 눈부신 보석을 흩뿌려 놓은 것처럼 보인다. 햇살이 함께하는 조화로움이다. 실내에서 편안한 의자에 기대어 따사로운 햇살의 기운을 온몸으로 받아 내며 밖의 풍경에 잠시 마음을 주고 평안과 행복한 마음도 잠시 머물다 간다.

잠시 머물던 햇살의 따사로움이 잠시나마 차가움을 거두어 가듯 불편함이 많은 내 육체의 아픔 또한 거두어지리라. 겨울 아침에 맞이한 잠시의 황홀한 풍경과 행복 또한 다른 이름으로 내게 또 오리라.

항상 조화로운 삶을 살아 내자. 내가 생각하는 진정한 아름다움이란 조화로움에 있으니까~ 내가 함께해서 더욱 조화로운 것, 그것이 무엇이든지 내가 있어 아름다운 조화가 이루어지고 생겨난다는 것은 그야말로 내 삶의 아름다운 모습일 테니까~

눈꽃의 아름다움에 내 마음도 아름다워라.

雪國

하얀 눈이 온 세상을 뒤덮은 설국의 아침이다.
햇빛이 자리하지 못한 세상에 하얀 눈은
또 다른 반짝임과 빛으로 마음 안에 깊이 있게 스며든다.

차가운 기운이 하염없이 내리는 눈과 함께
그대로 전해지는 지금
누군가의 따뜻한 온기가 필요한 그대
내가 그 자리에 초대받지 못해도
함께할 수 있으면 좋겠습니다.
더불어 사는 세상에서
내가 그대에게 따뜻한 온기 전해 주는 그런 사람이라면
소복소복 쌓인 눈처럼 사랑도 쌓여 갈 터인데

혹시라도 내가 그대와 더불어
함께하던 날
그대를 힘들게 했다면 진심으로 미안합니다.
하얀 눈 세상이 내게 따뜻한 온기 가진
그대와 나를 원합니다.

아름다운 설국이 펼쳐진 이곳
잠시나마 내 눈앞에 보인 이 하얀 세상이
소리 없이 내게 가르칩니다.

따뜻한 온기 가진 나를
더불어 나누는 나를
하얀 마음으로 받아들이는 나를
소복소복 쌓여 가는 정 만드는 나를
그대에게 다가가는 나를.

제2장

감정의 표류

행복한 여인

오랜만에 지인과 안부의 통화를 했다.
"누구보다 삶을 즐기며 행복하게 사는 여인, 당신."
물론 잘 살고 있을 것이라고 미리 단정 지어 말하는 그녀.

내가 그랬던가? 내가 그러한가?
내 삶이 순간순간 행복할 때가 많긴 하지만, 삶을 즐길 만한 여력이 내겐 없다.
열정도 식은 지 오래고, 그렇다고 몸을 마음대로 움직일 만큼 건강하지도 못한 나의 삶이 타인에겐 즐기며 사는 행복한 여인으로 보이는 것인지~

그녀 한 사람만의 생각은 아니다. 많은 사람이 내게 그렇게 말하는 것을 보면 분명 나는 행복한 삶을 사는 것이 맞는 것인가 하는 생각도 든다.
젊은 날에 대학에서 학생들과 시간을 보내고 교수들과 바쁘게 생활했던 그녀는 퇴직 후 얼마의 시간이 지나고부터 혼자라는 사실과 업무의 부재가 자신을 우울하게 만들고 있다고 했다. 할 일과 그 할 일이 가져다주는 스트레스로 힘들어서 벗어나고자 하는 많은 이가 정작 그 일에서 벗어나면 더 힘들어하는 것을 종종 본다.

그래서 삶이 어렵다. 생각과 성격이 삶의 질과 형태를 만든다고 나는 생각한다.
그렇기에 "나는 그런 것 못 해. 나는 그런 것 싫어." 등 어떤 사람은 많은 걸 가지고도 가난하게 살아가는 사람이 있는가 하면, 크게 많이 갖지 않았어도 누리는 사람이 있는가 하면, 없는 시간을 쪼개서 하고자 하는 것과 자신의 건강을 위해 음식을 신경 써서 해 먹고 운동을 해 나가는 사람이 있는가 하면, 어떤 사람은 가족의 희생양이 되어 자신은 돌보지도 않다가 탄식과 원망을 늘어놓는 사람도 있고, 혼자이기를 갈망하는 사람, 혼자여서 외롭고 힘든 사람 등등 가지각색이다.

그녀 역시 혼자라는 것이 힘든 것 같다.

저세상으로 떠나신 그녀의 엄마를 그리워하며 애달프게 말하는 그녀가 그래도 나는 속으로 부러웠다. 나의 엄마가 이 세상과 고별하신 지가 벌써 30년도 넘었는데, 그녀의 엄마가 떠나신 건 고작 5년 정도. 그간에 나는 그녀가 엄마의 정성과 사랑으로 시간을 보내던 모습이 너무도 부러웠다. 그러나, 그녀의 엄마가 저세상으로 떠나가시면서도 나이 예순의 혼자 남을 딸을 생각하면서 가슴 저린 삶을 마감하셨으리라 생각하니 나도 맘 아프다. 인자하게 나의 안부를 물으며, 등 다독거린 그 엄마의 손길이 나도 그리운데 그녀야 말해 무엇하리~

우리 가슴에 항상 먹먹한 여운으로 남는 엄마의 부재.

나이 들어 가고 삶을 마감하는 순간까지도 영원히 우리에게 필요하고 그리운 건 엄마.

다행히도 때론 엄마를 대신해 나를 지지해 주고 보듬어 주는 사람, 당신 있어 역시 나는 행복한 사람, 행복한 여인이 맞네~

혼자만의 시간 1

구름과 먼지를 걷어 낸 파란 하늘빛이 좋다.

다소 차갑게 느껴지는 바람 끝에 얼굴이 시려 옴을 느끼는 발걸음이 빠르다.

숨을 헐떡일 만큼 걸음을 재촉하여 집 현관문을 열었다.

햇살이 온 거실을 따사롭게 데워 놓았다.

온화한 내 집 안의 공기가 더없이 좋다.

얼었던 몸과 맘이 사르르 녹아내리는 기분이다.

기다리는 사람이 있는 것도, 꼭 해야 할 일이 있는 것도 아닌데 나는 왜 바쁘게 집으로 와야만 했을까?

온전히 혼자가 되고 싶은 충동을 간직한 채, 그렇게 집으로 향하는 발걸음을 내딛는 시간마저 자연을 느끼면서 행복해지는 시간이었다.

일 년을 보내는 마지막 날.

나름 몸과 마음을 깨끗이 하고자 준비하고 노력하며 새해를 경건하게 맞자고 마음먹고, 다정한 눈빛을 사람에게 보내는 나를 생각하며 그렇게 오늘을 맞았는데, 생각과는 다르게 나는 매정한 눈빛으로 사람을 보며 혼자이기를 원하며 지금 이렇게 앉아 있다. 나 아닌 다른 사람 누구에게나 다성할 수는 없지만, 조금은 따뜻한 사람이 되어 보는 것을, 새해 목표로 삼아 볼까 싶다.

어느 순간 모든 것이, 부질없이 느껴질 때가 더러 있지만, 자연을 보고 감동하는 것은 내 삶의 가장 숭고한 아름다움이며, 마음의 욕심과 이기심이 물결칠 때는 가장 추악함의 결정판이며 정말 부질없는 삶의 순간이다.

파란 겨울 하늘과 햇살이 바람마저도 녹이는 따사로움이 느껴지는 날.
오늘, 이 해의 마지막 날.
나를 돌아보고 행복한 시간을 보낼 수 있음에 감사합니다.

혼자만의 시간 2

말로 다 할 수 없는 속마음
혼자가 더없이 좋을 때
편견 없는 그 누군가가 필요할 때
자꾸만 웅크린 가슴이 될 때
나는 글을 쓴다.
온전히 내가 하고 싶은 말과 하소연과 푸념을 적는다.
위로와 격려, 안정이 스며 오는 느낌.
비난하지 않고 비꼬지 않으며 사색하듯 잠잠한 이곳에서
눈 지그시 감고
머릿속의 생각을 멈추고
마음 안의 소리를 듣고
내가 앉아 있는 공간의 향기를 흡입하고
그렇게, 함께하고픈 그 무엇이 있는가?
아름다운 음악의 선율마저
거부하고 싶은 순간이다.

만족이 주는 행복

집 밖엔 영하의 기온을 보이는 추운 아침이다.
따뜻한 차 한 잔에서 피어나는 온기와 향기
나의 몸을 받쳐 주는 안락의자
새들의 지저귐과 먹거리를 찾는 날갯짓
따사로운 햇살이 발등을 스치며
온몸으로 퍼지는 이 순간
나보다 더 행복한 이가 누구인가?

차가운 겨울 아침에
이렇듯 몸과 마음이 따뜻한 온기로 채워지고
평화로운 자연과 함께 숨을 쉬고
여유로운 시간을 가져 보는 이 순간
이 모든 것이 행복이 아니면 무엇일까?

花樣年華

사르르 눈 감기는 평온함
너에게 주고 싶다.

네게서 화려하게 피어난 웃음꽃
나에게 주고 싶다.

주지도 못하고 받지도 못한
평온과 웃음꽃 하나가 되어

너와 내가 한 몸인 듯
그렇게 눈 감으며

모두를 받아들인 미래에
나는 너처럼 너는 나처럼

상념일랑 떨치고
가벼운 바람으로 나뭇잎에 스쳐 가리.

행복한 아침

꽃을 가꾸듯 자신을 가꾸고
내 꽃이 피어나는 그 땅을
소중히 여기듯 나를 보듬어 주는
당신을 귀하게 대접하는 곳

이른 아침
동녘 하늘엔 아침 햇살에
물든 조각구름들이 무늬를 선명하게 그려 놓는다.
높지 않은 산꼭대기 나무에 걸쳐진
붉은 구름 떼가 내 마음 안에
잠든 고운 님의 손짓마냥
가슴 설레며 고개 들어 반기는
이 시간

때마침 흘러나오는 클라라 슈만의
아름다운 피아노 연주는
평화롭고 행복한 가슴에 더욱 진하게 물이 들어
내 눈에선 따뜻한 행복의 눈물이 한 점 흘러내리고
푸른 하늘 기운은 붉던 구름 떼를 서서히 몰아내어
선명하고 밝은 푸른 아침을 재촉한다.
내 손은 풍요로운 아침 식사 준비에 바쁘다.

갖고 싶은 행복

오란다고 쉽게 찾아오는 것이
아니다네
그것은 행복인가?

가란다고 쉽게 떠나는 것이
아니다네
그것은 불행인가?

행복과 함께 따라다니는
웃음과 평안과 만족을
실에 꿰어 주머니에 넣어 볼까?

불행과 함께 따라다니는
한숨과 눈물과 탄식을
꽁꽁 묶어 저 세상 밖으로 던져 볼까?

바람이 준 행복

한 줄기 바람 끝에서 맛본 행복
날아가 버린 바람과 행복

잠잠한 가운데 느껴지는 더위에 흐르는 땀
끈적한 기운이 온몸에서 무거워

이 여름 한낮 시간에
지나가는 한 줄기 바람 끝 다시 오기를

찰나에 스치는 행복
내 삶에 보태고 싶어.

행복한 지금

내 몸을 그대에게 기댈 수 있어서 참으로 좋습니다.
병원에 가지 않아도, 보고 듣고 걷고 먹고 소화시키며
움직일 수 있어서 참으로 좋습니다.

크거나 작거나 보이거나 보이지 않는
어떤 것에도 흔들림 없이
공기 마시며 숨 쉴 수 있음이
하늘 아래 진정 기뻐하며 환한 웃음 지을 수 있어서
참으로 좋습니다.

내일 또 다른 시련이 올지라도
어제의 커다란 고민이 해결된 지금
나는 감사함에 행복한 지금이 가장 소중합니다.
지옥에서 천국으로의 여행을 떠나온 지금입니다.

마음길

좋은 일만…
그냥 무탈하길…
그냥 살아가는 우리네 가슴속 염원의
표현이 다를 뿐인데

그대의 궁색한 자존심은
그것마저 받아들이지 못하고
숨통을 막아 버리듯
몸 안의 모든 구멍을 닫아

편한 것을 추구하는 나는
그대 향한 마음의 길을 닫아
때로 사무치는 그리움과 안부가 궁금해도
가슴으로 날 세운
한 마디가 무서워
그 길을 가지 못해

이제는 용기 내어
마음길을 열어
그대에게 따뜻한 음성과 그리움을
가지고 가 보고 싶다.

겹겹이 쌓이고 내려앉은 마음길이

왜 이리 무거운지
가고픈 마음은 저 구석에서
빈틈으로 자꾸만 올라오건만
그대에게 가는 마음길은
멀기만 하네

오랜 시간 닫혀 있는 것을
열기가 쉽지 않은 것 같다.

진한 고독

눈물 나는 고독감이 밀려온다.

쏟아 내고 싶지 않은 말과 아픈 가슴이 힘겹게 싸운다.
상대방의 유치한 행동에 내가 타격을 입고

나마저 그와 같이 되려 하지 않음은
무거운 침묵으로
나를 누르고 나의 일상을 침범한다.

그 누구와도 상관없는 듯
그 무엇과도 상관없는 듯

그렇게 유유자적 살아 낼 수는 없는가?

오늘, 지금만큼은
나와 함께할 수 있는 이 아무도 없어

손 내밀어도
간절한 눈빛 마음에 담아 보내도

오늘, 지금은 내게 없어
아무도~

눈물 나는 고독이 행복한 나의 삶에 쌉싸래하게 온 지금.

우물

차마, 차마 말할 수 없는
가슴 깊이 내려앉은 숨은 마음
너의 미운 마음

고독과 슬픈 마음, 미운 마음
깊은 우물에 더는 빠지지 않기를

차마 드러내지 못한 마음
숨기고만 있는 그 마음

고독의 우물
슬픔의 우물
미움의 우물

더는 빠지지 않아야 해.

마음의 문

두 귀가 열려 있어도 듣지 못하고
두 눈이 떠 있어도 보지 못하는

진정 마음 한구석이라도 내어 주지 못하고
마음의 문이 닫혀 관심 주지 못하는 사람

하는 말이 많지 않은데도
하는 행동이 단조로운데도

구태여 무엇을 걸러 낼 것도 없는
이 상황을 어찌 버틴 것인가?

두 눈 지그시 감고
두 귀를 지그시 닫고

다문 입꼬리를 살짝 올려 보고
홀로 이겨 내는 것

연습이 아닌 실제다.
마음 안에서 울리는 소리와
빛처럼 퍼지는 경계의 그림자를
벗 삼아 조용히 따라가 본다.

먼지의 반란

손 닿지 않는 곳
보이지 않는 곳

스멀스멀 숨어들어 있다가
어느 바람에 덩이가 되어 나타난 먼지는
나의 숨어 있던 비밀이 탄로 난 것
마냥 당황스럽고 난감하다.

마음속의 무엇이든
감정의 찌꺼기와 가벼운 가루라 할지라도
어느 순간순간에 쌓여 숨어 있다가
갑자기 튀어나올 덩이들을 보는 것만 같다.
쌓이기 전 닦아야 해.

버려야만 하는 것

쌓여만 가는 것들.

쌓여야 하는 것들.

비움을 하고 뒤돌아서면 다시 쌓여만 가는 쓰레기.

쓰레기가 나오지 않게 하는 방법은 없을까?

불필요하거나, 있어서는 곤란한 것들, 살아가면서 어쩔 수 없이 버려야만 하는 것들 사이에서 나는 늘 숨이 막히는 느낌을 받는다.

보이는 쓰레기뿐이겠는가?

머리와 맘속에 남아 있는 불필요한 감정과 생각들이 쌓여 가는 상황을 나는 알 수 있지만, 쉽게 그것들을 버리지 못하는 것이 안타깝다.

그래도 나인 것을 어떻게 쉽게 버릴 수가 있나?

나의 내부에 쌓여 있는 쓰레기 같은 욕심, 불필요한 감정과 생각마저 나의 일부가 되어 있지만, 과감히 버려야만 한다. 무거운 짐이 되어 나를 누르기 전에 버려야만 한다.

쌓이기를 바라는 것들은, 자취도 없이 사라져 가고 남기고자 하는 것은 흔적만을 남긴 채 쌓일 줄을 모른다.

머무름과 스며듦

그리움이 머물다
내어 준 그곳

어느 사이
가슴으로 스며든
희망의 물결

보고프면 보리라
볼 수 있으리라.

아픔의 전염

내 가슴이 사랑으로 꽉 찬 느낌으로 하루하루를 보낼 때 행복했다. 행복해서 사람을 좋아하고 자연을 느끼며 많은 이들에게 또 사랑을 보냈다.

그런데 사랑도 행복도 잠시이고 평화도 순간의 감정일뿐, 영원히 지속되는 그 무엇도 없는 것인지, 조그마한 내 감정의 상처들이 아물지 못하고 가시처럼 찔러 대고 있다.

순간순간의 많은 시간이 만들어 낸 지금도 나는 아픔과 짜증으로 시간을 보내고 있다.

타인의 아픔이 깊어서 눈물과 고독이 함께한다고 할지라도 내 손 안의 작은 가시가 박혀 있는 아픔이 크기 때문에, 타인을 이해한다는 것은 참으로 어렵다는 생각을 많이 하게 된다.

나를 비롯한 많은 사람이 자신의 감정 앞에서 상대를 배려하고 이해한다는 것이 결코 쉬운 일이 아니라는 것쯤은 모두가 알고 있는 사실이지만, 사람과 사람이 함께하는 이 세상에서 타인을 의식하지 않는 삶이란 어려운 것이고, 나 혼자만의 감정에 취해 살아갈 수만도 없는 노릇이니….

지금 내가 작은 아픔에 허우적거리며, 사랑 많고 평화로웠던 내 삶에서 잠시 발길을 멈추고 있다 한들 이것 또한 지나가는 감정의 순환에 지나지 않을 것임을 안다.

그러므로 아픔에 깊이 빠져드는 것은, 나와 주변 모두를 아픔에 전염시키는 것이며, 타인의 조그마한 상처와 아픔도 들여다보며 다독이고 공감할 수 있는 마음의 상태를 만들고 지속시켜 나가는 데 집중해 보자.

온 세상이 사랑으로 꽉 차는 세상을 향하여~

무언 서사

무거운 침묵이 흐른다.
서로 다른 마음으로 서로를 본다.

보이지 않는 서로의 마음이
어둠으로 짙게 깔린다.

가슴속에서 시리다고
소리 지른다.

한숨으로 토해 낸다.
눈을 뜨고 밝은 저 세상으로

날갯짓을 하며 훨훨 날아
다시 한번 행복의 보금자리를 지어 본다.

유혹

한때는 사랑이라고 믿으며
사람을 좋아하고 그리워하며
무언가를 좋아하고 소유하며
때론 가까이도 하며 감동도 해 가면서

어느 순간
실망하고 상처받아 가면서
살아온 날에 굳이 그것이
사랑이었나를 되새겨 보는 날

모든 것이 혼자만의 생각이었음을
부질없는 감정의 소용돌이에 휘말린 시간이었음을

그러나,
또 부질없다고 생각하게 되는 많은 것들에
나는 유혹당하고 흔들리며
넘어지지 않으려 애쓰면서
그렇게 살아가겠지.

소풍 같은 날

맛있는 것 먹고

좋은 것 보고

배가 아프도록 소리 내어 웃어 보고

가슴속이 시원하게 수다 삼매경에 취해 보고

감동과 감사한 마음에

눈물 한 자락이 흐르는

소풍 같은 날

설렘으로 내게 왔던 날

그날입니다.

오늘입니다.

내일입니다.

나의 소망

사람들은 어제보다 오늘보다
내일은 더 좋은 일이 생기길 기대합니다.

그러나 나는
좋은 일이 생기면 더할 수 없이 좋겠지만
나쁜 일이 생기지 않기를 소망합니다.

기쁨보다 슬픔이 없기를
웃음보다 화내는 일이 없기를

풍족하지 않아도 보태는 일보다
빼앗기는 일이 없기를

남은 내 생이
如如한 삶이기를 바라며
그렇게 보내기를 바랍니다.

밤하늘의 교향시

온전한 자유 시간이다.
무엇에도 걸림 없이 누구와도 상관없이
내가 하고 싶은 것을 하고
내가 먹고 싶은 것을 먹고
그렇게 하루를 보내고
밤까지 나의 님은 내게 자유 시간을 허락한다.
친구들과 진하게 우정 나누며 즐거운 시간 보내고 있는 건지

창문으로 들어오는 달빛이 밝다.
창문을 활짝 열고 테라스로 발을 디뎌 본다.
어디선가 기분 좋은 향기가 바람 타고 온다.
무슨 향기지?
이 식물 저 식물에 코를 들이대다 만다.
이 밤, 하늘에서 환하게 비추는 보름달이 정겹다.
향기와 함께한 바람이 민소매 얇은 원피스 자락을 펄럭인다.

이 여름밤 보너스처럼 받은
시원하고 아름답고 향기로운 시간
닫았던 노트북을 다시 열었다.

함께여서 좋은 시간이 많지만
혼자여서 좋은 시간이었네
오늘만큼은.

지금

무엇을, 어느 것을, 선택하든
내게 주어진 그릇 안에서
내 인생의 행보가 이루어진다는
사실을 나는 잘 알고 있다.

인과응보, 전생 결 현생
그러면서도 순간마다 갈등하고
선택해야만 하는 때
과감히 어느 것 하나를 집어 드는
선택의 결과
후회가 없을 수 있나?
결과를 생각하지 말아야지
그냥 지금인 거야.

지금은

지금은
내 몸의 더러움과 함께
향기만 남기고 사라져 버리는
가벼운 비누 거품이 되고 싶다.
오늘, 지금은….

오늘은 1

마음에 폭우가 쏟아지던 날
누군가의 위로가
마음의 폭우를 막아줄
누군가의 도움이 필요한 순간
손을 내밀고 다그쳐 보지만
그 누구든 듣지 못하고 보지 못해
시간 지난 후
손을 잡아줘도 눈을 마주쳐 보아도
위로와 도움은
상처 나고 찢긴 마음에
더한 아픔만 남겨
필요할 때 한 가닥 희망이 되어줄
그 누군가를 꿈꾸며
절망의 순간에도 놓지 않은
오늘 이후 단단해진 내 마음.

오늘은 2

스치는 바람에 실려
어딘가 모르는 그곳에서도
가벼이 내려앉아
뿌리내리고 꽃 피우는
민들레가 되고 싶다.
오늘은.

내일의 희망

죽음이 언제 올지 모르지만
지금 내게 내일이 주어진다는 사실이
얼마나 감사하고 경이로운지 모르겠다.

어제의 실수, 오늘의 서운함
지금 미처 하지 못한 일들을
내일에 맡길 수 있음이 얼마나 다행인가?

내일을 기약할 수 있음이
지금 내겐 너무 다행한 행복이 아닐 수 없다.

함께할 수 없다면

함께할 수 있다면
더할 나위 없이 좋겠지만
함께할 수 없다면
어쩌나요
각자도생의 길을 가야만 한다면
아픔 없이 외로움은 떨쳐 내고
향기로운 삶의 뿌리 찾아 그대라도
어서어서 발길 떼어 나서 보오.

일상의 행복

매일 반복되는 일상이
편안한 일상으로 채워지는 가운데
어쩌다 지루함도 느껴질 때가 있을 때

시간 지나고
일상이 무너지고
편안하게 받아들인 반복된 생활이
무너지고 낯선 환경과 부딪히며
안주하고 싶은 마음이 생겨나면

아 그때 그 일상이 행복이었음을
행복이 별것 아닌
그냥 매일 편하게 반복할 수 있음이
행복이었다고
시간 지난 다음에 느끼는 어리석음이 없기를.

겸손하지 못한 세상 속 이야기

자신이 알고 있는 것이
모두 진실이며 전부인 것처럼

자신이 가지고 있는 것이
항상 그대로 유지될 것이라고

자신이 몇몇 사람들에게
몇 마디의 칭찬을 들었다고
그것이 본인의 모든 것에서
칭찬을 들은 것처럼
오만한 사람들

세상에 대해서 겸손할 줄 모르는
사람들이 많다.

제3장

함께한다는 것

함께하고 싶은 그대

같이 있지만, 나의 자리를 침범하지 않는 그대
같이 있지만, 나의 자존감을 먼저 챙겨 주는 그대
같이 있지만, 다른 곳에 시선을 주지 않고 나를 바라보는 그대
같이 있지만, 함께하지 않는 것처럼 불편하지 않은 그대

같이 있어서 잔잔한 미소 짓게 만드는 그대
같이 있어서 나를 더 멋지게 만드는 그대
같이 있어서 행복감이 밀려오게 만드는 그대
같이 있어서 삶이 가치 있다고 믿게 만드는 그대

함께하고 싶은 그대와
저 하늘 이 바람도
있는 듯 없는 듯
그렇게 나누고 싶다.

기다리는 사람, 만나고 싶은 사람

자존심을 채워 주는 사람
힘이 나게 해 주는 사람
웃음을 주는 사람
생각을 주는 사람
편함을 주는 사람

오늘도 누군가를 만나고 함께하면서, 그에게서 자존심을 유린당하고, 나를 힘 빠지게 만들며, 내가 가지고 있는 능력마저 부실하게 만들어 버리는 사람과 함께 시간을 가지면서 몹시도 나의 못남에 몸에 힘이 빠지고 침이 마르는 시간을 보냈다.

삶이 내가 가진 마음대로 되는 것이 아님을 분명히 알고 있음에도 피할 수 없는 순간의 만남들은 여러 가지 형태로 내게 많은 영향력을 미친다.
사람과 사람의 만남에는 반드시 상호 에너지 교류가 있게 마련이고, 그 에너지의 파장이 맞는 경우와 맞지 않는 경우가 있는 것 같다.

뜻하지 않았지만, 우연히 함께한 어떤 사람은 나의 자신감을 채워 주고, 힘이 나게 하며 능력 이상의 힘을 발휘할 수 있도록 해 주는 사람이 있다.
무엇인시는 모르지만, 그와 함께 지낸 시간 동안 충만된 에너지가 느껴질 때 난 그 사람의 기운을 감사하게 받아들이며 생각하게 된다. '무엇이 사람을 힘이 나게 했을까?' 하고….

만나고 싶고 기다려지는 사람.

오늘도, 내일도 희망을 안고 나 또한 기다려지고 만나고 싶은 사람이 되어 가 보리라.

향기 가진 사람

내 앞에 앉아 웃음꽃 보내 주는 그대
고마운 사람

내 앞에 앉아 얘기꽃 피워 주는 그대
고마운 사람

외로움에 가슴 시린 내게 따뜻한 목소리 들려주는 그대
고마운 사람

지금, 이 순간도 선물처럼 가슴 설레게
행복한 마음 주는 그대
고마운 사람.

존중과 배려가 없는 만남

내면에서 끓어넘친 순간의 감정을 여과시키지 못하고
상대방을 당혹스럽게 하는 만남

자신이 가진 것과 누리는 것에 취해서
부족한 언행을 일삼아 상대방을 피곤하게 하는 만남

자신의 유익을 위해선 눈앞에 있는 존재 따위는
신경도 쓰지 않고 달려가는 만남

자신의 취향을 상대방에게 강압하는 만남
타인의 사생활에 지나치게 관심을 두고 허물을 끝없이
이야기하는 만남

피하고 싶다. 만남을 후회하게 되는 상황을 만들지 말자.

사랑의 레시피

관심으로 노크하고
친절로 문을 열어

배려로 자리 잡아
이해로 받아들여

가끔은 어린양이 되어 보고
어쩌다가 희생도 치르면서

동그라미 그리듯
모난 구석을 지워 가며

그렇게 해 보는 거야.

너에게로

측량도 할 수 없는
너무나도 가벼운 너와 나의 사랑에
내 마음이 운다.

잠시 너를 향했던
바람처럼 날아가 버린 나의 사랑에
내 마음이 비웃는다.

꽃처럼 향기처럼
반갑고 그리움으로
내 마음에 가득한 너이기를.

화답

나의 기쁨을 그대의 기쁨처럼
좋아해 주는 그대는
나의 사랑임이 분명하다.

나의 부족한 행위에도
격려와 찬사를 보내 주는 그대는
나의 자랑임이 분명하다.

어느 날의 느낌

사랑이 빗물처럼 쏟아 내리네
희망이 높은 산처럼 쌓여만 가네

번민이 눈처럼 녹아내리네
슬픔이 바람처럼 날아만 가네

웃음이 꽃향기처럼 피어 나가네
눈물이 허공 되어 흔적도 없어지네.

안타까운 정

관심 하나도 보여 주지 않는 너를
나는 놓을 수 없다.
무엇 때문일까?
운명과 인연의 끈 때문일까?

끓어오르는 너의 열정에
나의 조그만 한구석이라도
내어 준다면 얼마나 좋을까?

비어 있는 너의 마음에
나의 못다 핀 소망과 염원이
함께하면 얼마나 좋을까?

관심 밖의 나를
너에게 얘기해야만 하는
내 마음을 너는 알까?

누구

내 마음이 울적한 흐린 날에는
내일은 맑음을 기대하고 내일이 왔지만
어제의 내일, 오늘에 바람까지 동반한 비가 세차게 내린다.
누군가 구름을 만들고 비가 되어 내 마음에
빗물 같은 눈물을 만드는 것일까?

나는 항상 그 자리에 그렇게 서 있지만
누구인가 나를 감싸던 따뜻한 온기를 거두고
달콤한 유혹을 찾아가 버리는 그 누구
잠시 내게서 아픔 주고 가지만
내게 남은 향기가 풍길 때
그 누구는 또 내게 뱀이 똬리를 틀 듯
내게 혀를 내밀며
내 영역을 탐내며 같이하려 들 것이다.

그대가 꾸민 정원

적당하게 꾸며진 앞마당의 자갈.

담벼락에 화려하게 피다 지고 있는 하얀 수국꽃.

자갈 틈새에서 생명력을 뽐내며 빨갛게 핀 채송화.

이름 모를 자잘한 풀잎과 나무들 사이에서 무리 지어 화사함으로 시선 붙잡는 달맞이꽃.

안방의 뒷문 창으로 보이는 대나무의 군락이 일구는 바람 소리와 청량함.

사랑 담긴 손길이 구워 주는 소고기와 채소가 한 상 가득하다. 미랑 님이 준비한 시골집 풍경이다.

배부르고 눈도 부르다.

차 한 잔을 마시고 옆으로 조그만 텃밭 구경을 해 본다.

고추와 가지, 호박과 오이 등이 보인다.

미처 추수하지 못한 것과 관리의 소홀함이 보이는 식물의 모습이 반갑다.

내 것이 되는 순간이다.

작은 수확물을 오롯이 내 것으로 만들어 주는 님의 배려가 따뜻하다.

자동차를 이용해 가까운 밭에 나가 잘 자란 들깻잎을 한가득 따 왔다.

보랏빛 원피스를 입고 멋내기용 모자를 쓰고 샌들을 신고 간 나에게 작업용 모자와 장화를 양보하는 님이다.

멀리서 나의 모습을 보고 누군가가 웃고 있는 것만 같다.

그래도 나는 개의치 않고 순간의 농가에서 수확하는 나의 모습이 마냥 좋았다.

두 손으로 들지 못할 만큼의 많은 마음의 선물을 가지고 집까지 데려다주기까지 하는 그녀의 배려와 사랑에 나는 오늘도 행복하지 않을 수 없다.

주고 싶은 마음

별것도 아닌 것에 화내는 너를
웃음으로 화답해 주는 내가 되고 싶다.

작은 것에 큰소리치는 너를
속삭임으로 가라앉히고 싶다.

표현하지 못한 정 감추는 너를
용기 내어 수면 위로 올려 주고 싶다.

웅크린 자존심에 상처받은 너를
대지 위의 따사로운 햇살처럼 비춰 주고 싶다.

반가운 만남

알까 모를까 조바심 나는 마음 감추고
태연자약

스치듯 지나가는 인연에
아쉬움 남기지 말아야지

주는 사랑에
인색함 남기지 말아야지

멀어져 간 뒤 그림자
밟으며 쫓지 말아야지

오래된 한옥 대들보
낡고 무뎌져도

정다운 모습으로
그냥 그렇게 그곳에 서 있는 거야.

새로 온 인연

내 인연의 밭에 들어오신 그대

안부를 묻고 가끔 차 한잔을 나누고
그러다가 배부른 밥도 먹으면서
속내를 비치고 위로를 받으면서

가꾸어 가는 인연에 꽃이 되고
열매가 되어 가는 그대

내 인연의 밭에서 그대랑 나랑
본보기가 되는 친구가 되고 울타리가 되어
사랑 가득한 우정의 밭 가꾸어 내리.

20년 만의 재회

　20대의 풋풋한 열정과 순수가 아름다웠던 그녀는 선생인 내게 더러 먹거리 선물을 했을 뿐만 아니라, 몇몇 동기와 함께 아름다운 대학 캠퍼스의 추억을 제공해 준 학생이기도 했다.

　전공과목이 아닌 수업을 관심 있게 청강 요청도 하여 진지하게 짧은 시간이었지만, 긴 겨울밤을 뜨겁게 보냈던 시간도 기억난다.

　그리고 졸업 후 많은 고난에 허덕이며 지낸 세월 동안, 난 그녀의 숨죽이며 우는 전화기 너머의 소리만 들어 줄 뿐, 아무것도 해 줄 수가 없어서 늘 안타까운 마음이었다.

　선생이랍시고 말뿐인 선생이지, 아무런 도움도 주지 못한 내가 야속하다는 생각을 많이 했다.

　그렇게 세월은 한참을 흐르고 서투름과 노련함의 중간에 선 나이, 사십 대가 되어 버린 그녀.

　그녀는 내가 그녀 앞에 선 나이가 되고 나는 육십 중반에 서 있다.

　그 나이, 그 시절, 지내고 보니 가장 아름답고 인생의 황금기가 아닌가 하고 생각하게 되는 사십 대.

　진로와 생활고를 고민하지 않고 나름 자신의 분야에서 적극적인 활동을 할 수 있는 나이, 체력의 한계를 느끼며 주저앉지 않는 나이.

　그녀의 자리가 어느 정도 잡히어 홀로 당당함에 목소리에도 힘이 생기고 아름다운 외모와 단아함을 보이며 손수 구워 만든 비스킷을 들고 이곳 광주로 20년 만에 나를 찾아왔다.

 짧은 시간이었지만 서로의 마음속 이야기를 나누며 가슴 깊은 곳
에 남아 있던 앙금 하나를 지우는 듯했다.
 그녀의 앞날이 행복으로 수놓아지기를 바란다.

결별

내게서 마음 떠난
그대를 잊고
내 마음 안에 자리 잡은
그대를 떠나보내기 위해
못내 서운했던 감정을
일부러 되새기며
차가운 마음으로 그대 이름을 불러 본다.

풋감과 연시

농익은 연시가
풋감에게 말한다.
너의 그 푸른 청춘이 단단한 것은
떫고 쓴맛을 이겨 내기 위함이라고
그리고 세월 지난 후에
다디달고 무른 연시가 되면
사람들은 너를 귀히 여기며
찾을 거라고.

억새밭 출타

보드라운 것이 내 님의 살갗인 듯
눈부신 은빛 억새는 내 발길 멈추게 하고
손등을 간지럽히는 가벼운 애무

끊지 못한 기다란 절개
가을 하늘 바람에 가벼이
흔들리는 너의 모습 뒤로하고

참다운 내 님 곁으로
나는 발길 옮겨 석양이 지기 전
꼿꼿한 나들이 마무리를 해 보네.

황혼의 아름다움

눈부신 찬란함이 아니어서 좋다.
깊게 물들지만, 조용히 자리 내어 주는 서녘 하늘의 노을빛
평화로움과 여유와 아름다움을 간직한 석양에
마음이 부자인 듯 가득해지는 이 느낌은 무엇일까?
찬란한 아침 햇살에 눈을 제대로 뜨지 못한
청춘의 아름다움이 언제인가 떠나가고
이제 남은 노을 진 내 인생에 찾아드는
여유와 풍류 가득한
님들의 웃음소리가 봄날의 피어나는
꽃들의 향기 같아서 좋구나.

단 하루만

단 하루만이라도
함께 시간을 가질 수 있다면

단 하루만이라도
온전히 자유로울 수 있다면

단 하루만이라도
아픔 없이 살 수 있다면

단 하루만이라도
이 세상에 더 머물 수 있다면

하고 생각하는 그대에게
그대와 같이, 자유를 누리고

아픔을 느끼지 않게 행복을 선사하고
단 하루만을 더 원하는 그대에게

내 삶의 하루를 기꺼이 주고 싶다.

세상과 나 사이

연애란 남자와 여자의 애틋한 사랑이라지만, 내가 여자여서 반드시 남자와 연애를 해야만 하는 것이라고는 생각하지 않는다.

내 안에서 일어나는 감정의 교류가 꼭 이성에 국한해서 생겨야만 하는가?

젊은 청춘도 아니고 열정이 넘치는 나이도 아닌 지금, 누군가를 생각하며 그리움과 정 나눔을 생각하는 일.

나는 그냥 좋은 느낌, 같이 하고픈 마음을 연애라고 생각하며, 새로운 연애를 시작했다.

은근한 눈빛과 관심, 미소를 보내고 같이 하고픈 마음이 생긴다.

서로에게 느끼는 호감과 주고픈 마음이 연달아 생기는 일.

그러나, 나는 새로운 연애의 대상으로부터 받기를 많이 하고 있다.

타인의 눈을 의식하여 우리는 조심스럽게 대화하고 가끔은 연락도 주고받으며, 맛있고 좋은 음식도 직접 가져다주는 친절한 그녀와의 사귐이 시작되었다.

그녀를 본 얼마 후부터 내 마음에 그녀를 두었다.

그런데, 인연이 되려는지 우연한 만남은 같이 밥을 먹고 차를 마시며 가슴 깊은 대화까지 이어져서 서로에 대한 호감을 고백했다.

적절한 유머 감각과 타인을 배려하고 자신을 낮출 줄 아는 겸양까지 겸비한 그녀.

그래서일까? 부족함 없는 환경에서 살아가고 있는 것처럼 보인다.

가족에게 축하할 일도 생겨서 나 또한 진심으로 좋았고 축하 메시지를 보냈다.

쉽게 마음을 드러내고 정을 주지 않는 내가 그녀에게는 짧은 시간에 마음을 열어 버렸다. 그럴 수밖에 없도록 그녀는 아름다운 면을 많이 가지고 있다.

부족하기 그지없는 나를 '좋은…'이라는 호칭을 써 주는 그녀에게 나는 황송한 마음에 몸 둘 바를 모르겠다고 전했다.

나이 60이 넘어 내게 찾아온 새로운 연애 감정이 애틋하다.

이렇게까지 생각하는 감정은 나 혼자만의 것일 수도 있다는 생각이 든다. 그러나, 나는 가끔 '그녀가 지금은 무엇을 하고 있을까?' 생각하고 좋은 것을 보거나, 맛있는 음식을 먹을 때 그녀와 함께하고 싶다는 생각이 드는 요즘이다.

그러나, 그녀와 내가 생각하는 살아가는 방법과 사람에 대한 대우가 다른 것을 어느 날 알았다. 정확히 무언지는 모르지만, 나와는 다른 생각이 있는 듯이 보인다.

한동안 그녀를 생각하고 가슴이 벅차오른 감정을 다독이고 식혔다.

이렇게 쉽게 짧은 나의 연애 감정은 끝이 났다.

세상과 나 사이에 수많은 인연이 있었지만, 진정 내게 남아 있는 인연, 따뜻함이 느껴지고 내 가슴이 꽉 차오르는 느낌을 주는 인연이 몇이나 되는지 가늠해 보는 시간이다.

가까이에 선 소중한 너

가슴 설레며 너의 얼굴 보는 때
어쩌다 한 번
너의 얼굴이 스치듯 보일 때
또다시 볼 수 있는 그날을 기다렸지

그러나 어쩌다 한 번은 때때로
그러다가 일상이 되어
내 앞에 선 익숙한 얼굴이 된 너

설렘은 익숙함 속에서
그냥 스치듯 지나치고 말아
관심도 설렘도 놓쳐 버린 지금

가까이 있어서
때때로 소중함을 잊어버리는
안타까운 시간이여.

인내가 필요한 너에게

무언가를 찾는다는 것은, 그 과정이 더 중요하다.

그 찾아가는 과정에서 어떠한 고난과 역경에도 항상 희망의 끈을 놓지 않는 인내가 필요하다.

누군가는 인내야말로 사랑이라고 한다.

너의 곁에서 희망은 위로와 격려가 되어 줄 것이다.

체념하고 포기하고 싶은 순간에도 희망은 네 곁에서 친구가 되어 함께할 수 있는 힘을 줄 것이다.

죽음의 순간이 오더라도 희망을 저버리지 않으면 너는 가질 것이다.

간절히 원했던 그것을.

우리는 무언가를 찾아가는 기나긴 여정을 함께 가고 있는지도 모르겠다.

그 여정에서 중요한 것이 무엇일까?

찾아서 소유한다거나, 확인했다거나 그것이 중요한 것이 아니다.

찾기 위한 여정에서 갖은 경험과 고난의 과정, 희망을 안고 인내할 수 있었던 그 과정이 더욱 중요한 것은 아닐까 생각하게 된다.

삶이 어느 한순간이 아니듯 과정 가운데 이루어진 것처럼, 결과를 만드는 모든 것이 과정에 있다는 것을 잊지 않았으면 좋겠다.

친구

내 마음을 나보다 더 이해해 주는 너
차마 하고 싶은 말 하지 못하고
시린 가슴으로 침묵하는 나에게

나를 대신한 속 시원한 한마디로
가슴 안에 눌려 있던 감정의 찌꺼기를
깨끗하게 씻어 주는 너

나를 다 보여 부끄러울 때도
그 부끄러움보다 더 큰 위로와 격려로
내 마음 다치지 않게 하는 너

아무나 가질 수 없는 마음
상대가 무엇을 원하고 무엇 때문에 아픈지
너만큼 나를 이해하고

편안하게 나를 돌아보게 하고
듣고 싶은 말을 해 주며
나를 대신한 용기 있는 항변으로

늘 나에게 힘을 주는 너
늘 먼저 안부를 묻고
연락해 주는 유일한 친구

너를 나에게 친구로 보내 준
인연에 감사한다.

삼복더위에 받은 선물

강원도에 사는 선자에게 연락이 왔다.

토요일에 집을 비울 예정인지 묻고 택배 하나를 보냈다며 바쁘게 통화를 끊었다.

다음 날, 우체국에서 카톡으로 알림을 보냈고 시간이 지나서 현관문 앞에서 커다란 스티로폼 상자 하나를 받았다.

우리 집 짝꿍이 외출을 했기에, 나는 힘을 써서 택배 상자를 무겁게 끌고 집으로 들였다.

혹시라도 상자가 터질까 염려해서 여러 곳에 테이프를 겹으로 붙이고 꽁꽁 싸맸다.

내용물을 확인하기까지도 땀이 흐른다.

드디어 뚜껑을 열자 알알이 촘촘하게 박힌 옥수수가 한가득에, 짙푸른 고추와 땅의 기운이 그대로 전해지는 흙 감자가 보인다.

커다란 바구니에 담아 옮기고 씻어서 제일 큰 찜통과 냄비를 준비하여 적당한 분량만큼씩을 넣고 약간의 간을 한 후 삶기 시작했다.

고추가 들어 있는 봉지가 제법 크지만, 냉장고 채소 보관함에 넣고, 감자는 따로 종이 상자 안에 넣어 두었다. 이렇게 움직이기를 하다 보니 어느새 샤워한 지 얼마 지나지 않은 내 몸에선 땀이 흘러 끈적임이 느껴졌다. 잠시 숨을 고르고 선자에게 간단한 메시지를 보낸다.

"선자의 수고와 정성으로 보낸 선물에 담희의 마음은 부르고 고마움에 눈물 난다."

내가 뭐라고 이렇듯 힘들게 선물을 보냈을까? 그 정성과 사랑에 오늘도 행복한 순간을 맛보았다. 이렇게 갑자기 느끼게 되는 순간의 행복함 때문에 삶을 살아 내는 게 아닌가도 생각해 본다.

습하고 더운 이 삼복더위에 나를 위한 선물을 보내 준 선자에게 나는 무엇을 선물해 줄까?

望九

시간의 흐름에 무상하게 지나 버린 젊은 날
팔십을 넘겨 흰머리로 가득한 얼굴엔
다행히도 연륜과 믿음의 승화로
항상 잔잔히 떠오르는 입꼬리

떨리는 손길로 젊은 아우를 위해
고기를 굽고 잘라 접시에 올려 주고
차를 따라 주는 섬세한 마음이
저세상에 계신 부모님을 대신한 듯

사랑과 배려로 배부르고
세월에 하루가 다르게 변하는
님의 모습에 마음이 고프다.

군중 속의 고독

　사람이 많이 모이는 곳에선 여지없이 생겨나는 사람과의 갈등과 험담 등을 듣고 있어야만 하는 것인지….

　외부적으론 문제가 없어 보이지만 사소한 갈등과 행동들이 나를 난처하게 한다.

　나에 대해 관심을 가지고 대하는 것은 고마우나, 자칫 편견으로 대우하는 것 또한 부담스럽다.

　뿐만 아니라 어떤 이는 매사에 불평불만이 많아 사사건건 입을 삐죽거리며 이것은 이래서 싫고, 저 사람은 저래서 싫고….

　나 또한 언제 그 사람에게서 싫은 존재가 될지 모른다는 생각을 하게 되면서 그 사람과 가까이 지내는 것이 부담으로 느껴진다.

　타인을 이해하고 수용하는 것이 삶의 수행 과정이라고 생각도 해 보지만, 무조건 모두를 받아들인다는 것도, 나의 작은 가슴으로는 역부족이다.

　딱히 쓸데없는 말을 큰 소리로 해 대며 주거니 받거니 소리 내어 웃어 대는 모습에 나는 쓴웃음이 난다.

　비교적 말을 적게 하는 나는 사람들에게 자칫 무게 잡는 어려운 사람으로 생각될 수 있으나, 말을 한다는 것 또한 에너지가 소모되는 일인지라 나는 힘이 부족한 나에게 말을 아껴서라도 보호하고 싶은 것인지도 모르겠다.

　많은 사람 가운데 여러 가지 말이 오가면서 대화가 이어지는 것 같지만, 나는 많은 사람이 모인 가운데서 더 고독해지는 느낌을 자주 받는다.

　어떤 조직에서나 분위기를 조성하고 左之右之하는 사람들은 있기 마련이지만, 그것이 세력이 되어 누리는 경우가 되어 버리는 것 또한 경계의 대상이지 않을까 싶다.

　한바탕 장맛비가 세차게 내리다가 구름과 햇볕이 간간이 보이는 올해 여름 날씨가 싫지만은 않다. 어느 해 여름엔 계속 비만 내리기도 하고, 어느 여름엔 땡볕만 보여서 힘든 날도 있었지만, 이렇게 많은 비가 내리다가도 잠시 그치고 습기를 날리는 시원한 바람을 주고 햇빛까지 비칠 때면 "좋구나~" 하며 감사하는 나날이 되기도 한다.

　이렇듯 자연도 항상 똑같을 수 없는데, 하물며 사람의 성격과 인성이 모두 같을 수 없음을 어느 한순간도 잊어버리지 않아야 내가 편안해질 거라고, 모두가 다름을 인정하고 수용할 수 있어야 부담 없이 타인을 볼 수 있는 내가 될 것이라고, 자신에게 넌지시 격려를 보낸다.

　누가 구름인가?
　누가 햇빛인가?
　누가 장맛비인가?
　누가 바람인가?

여름 감기

개도 안 걸린다는 여름 감기에 걸리고 혹독하게 10일 넘게 함께 하면서, 정신이 몽롱하고 입맛을 잃고 목과 코의 점액들이 일상을 뒤흔든 시간 속에서도, 가능한 약속을 지키려고 노력을 했고, 목소리마저 변해 버린 날은 약속을 지킬 수가 없어서 먼저 전화를 해서 양해를 구하기도 했다.

그러나, 10년 만에 걸려 온 전화 속의 주인공은 목포에 거주하고 계시는 작은오빠였다. 이 만남은 양해를 구할 수가 없었다. 자칫 만남을 거부하는 핑계처럼 느낄 수도 있겠다는 생각이 들어서다.
나 또한 오빠의 안부가 궁금도 했고 뵙고도 싶었다.

어떤 경우에라도 내 삶에 더 이상 사람으로 인한 후회를 남기고 싶지 않음이 만남을 미루지 않은 이유라고 볼 수 있다. 이 세상에서 살아갈 날이 얼마 남지 않은 우리가 여러 가지 이유로 미루는 것은, 현명하지 못하다는 나의 생각이지만 이런 생각마저 혹자는 거부할 수도 있다.
작은오빠 내외와 짧은 시간이었지만 정분을 나눌 수 있어서 다행이라 생각했지만, 다 하지 못한 우애에 관한 얘기를 남겨 둔 것은, 다음 만남을 기약할 수 있음이리라.

만남 이후 안부 전화라도 하는 것이 옳은 것임을 알고는 있었으나 내 몸의 컨디션과 일상이 협조하지 못했다. 미각을 잃고 음식을 먹는다는 것은, 나의 육신을 지탱하기 위한 수단일 뿐이었다. 너무도 많이 아팠던 당시, 입맛 잃고 힘겨워했던 때가 생각나서 나도 그이도 신경이 쓰이고 맘이 걸린 순간이었다.

시간이 흐르고 이제는 정상적인 생활에 몸도 적응해 가는 시점이다.

약한 나의 몸이지만, 감기를 앓아 보기도 오랜만인 것 같다.

개인위생을 신경 쓰며 나름 조심했지만, 감기 환자와의 장시간 접촉에서 바이러스가 전염이 된 것 같다.

나 또한 감기 환자로 사람을 만나면서 마스크를 착용하고 음식을 조심해서 먹기는 했으나, 나로 인해 다른 사람에게 전파하는 매개 역할을 하는 것은 절대적으로 일어나서는 곤란하다고 내 나름, 조심하고 또 조심했다.

다행히 나를 만나고 감기를 앓았다는 이가 없어서 맘속으로 안도의 숨을 내쉬며 감사한 마음을 갖는다.

존재의 끝

인간은 필멸의 존재
죽음이 존재하기 때문에
이 순간이 다신 오지 않을 것이기에
가장 아름다운 이 순간을 그냥 보낼 수는 없는 것

아무리 힘든 고통도 인생에 죽음이라는 종말이 있기에
끝이 있다는 것을 알기에 견디어 내는 것
끝은 반드시 오기에 신마저도 인간의 죽음을 부러워했을까?

다신 오지 않을 아름다운 이 순간
거듭되는 실수는 하지 말아야 해
하찮은 자존심 따위
격 떨어지는 상대의 언행에 휘말리는
순간들을 만들지 말아야 해

후회는 이미 늦어
지나 버린 과거가 지금, 이 순간을 붙잡지 못하니
특별할 것 없는 너, 나, 그대들이 어우러져 사는 세상.

인연

스치듯 만나는 인연들에 의미를 두는 것도 이젠 그만
아름다운 이 순간은 또 지나고
어떠한 순간에도 끝이 될 수 있다고 생각하는 거야

인연인가 하고 다가선 그 누구
칼바람 되어 무섭게 사방을 휩쓸고 지나가고

인연인가 하고 붙잡은 그 누구
손끝에 스치는 실바람 되어 날아가고

먼지처럼 가볍게 앉았다 흩어져 가는 인연들
잠깐의 충격과 설렘을 남기고 떠나가는 인연들

내게서 그렇게 떠나가는 인연에
참인연이 아니었음에 안도의 숨을 내쉰다.

묵직하게 때론 살며시 은은한 향기 피우며
내 곁에서 나를 지켜 주는 참인연으로 맺어진
모든 이에 감사하는 시간이다.

기억 속의 누구

문득, 나도 모르는 어느 때 누군가에게 나쁜 사람이거나 못된 사람일 수가 있겠다는 생각을 미처 하지 못했다.

나는 스스로 착하고 좋은 사람은 아니어도 나쁜 사람은 아닐 거라고 굳게 믿으며 그동안을 살아왔다. 근데 최근 어느 날 몇 년 만에 다시 보게 된 사람이 있었다. 반갑게 인사를 하지만, 그 사람은 나를 모르는 사람처럼 대했다. 이후에도 얼굴을 마주치는 일이 생겼지만 역시나 그 사람은 나를 모르는 사람처럼 대했다.

그 사람은 성격이 호탕하고 정겨운 사람인데, '나에게 왜 그럴까?' 하고 생각하게 되었다. 오해든 진실이든 상대방이 내게 뭔가 서운함이나 나쁜 감정을 가질 수 있다는 생각을 미처 하지 못하고 한참 동안 그 사람의 행동에만 신경을 쓰고 있었던 시간이 지나고 나서 겨우 마지막 만남쯤이 생각나며 그 사람이 나를 나쁜 사람이라고 생각할 수 있겠다는 생각이 들면서, 정신이 들었다.

내 삶은 내가 만나는 사물과의 인연이 이어져 만들어 가는 것인데, 나는 스스로가 나쁜 사람도 아닌, 좋은 사람도 아닌, 그냥 그저 평범한 나이기를 원한 것인지, 스스로의 그물에 걸린 것도 모르고 자족하며 살아온 것을 느꼈다.

나도 모르게 많은 사람에게 상처를 주고 고통을 준 것이, 사뭇 참회할 일이며 후회스러운 것이 사실이나 나쁜 사람으로 인식되어 모르는 사람 취급을 받는다는 것은 정말 아픈 사실이다.

누구에게나 사물을 평가하고 기대하는 잣대가 있을 것이나, 어떤 경우에도 나쁜 사람으로 낙인찍히는 경우는 만들지 말아야 할 것이다.

이후로, 그 사람과의 잦은 접촉이 이루어지고 나는 편견 없이 가벼운 고개인사를 했다. 언제인가 그 사람도 인사를 하고 이제는 안부를 묻고 차도 마시는 사이가 되었다.

그녀가 사랑하는 그 남자

본성이 순수하고 성격이 좋은 그 남자는 다양한 표정으로, 자칫 지루해질 수 있는 일상으로부터 웃음과 재미를 그녀에게 안겨 주곤 한다.

오십 대 중반을 넘은 그 얼굴에 어쩌면 저리 천진하고 귀여운 얼굴이 남아 있을 수 있는지? 때로는 점잖고 신사로서의 품행을 자주 보이는, 그야말로 자상한 그의 표정은 그 남자의 깊은 내면에서 우러나오는 바다처럼 넓은 이해의 도량을 배우게 하는 힘이 있다.

웃음이 뭔지를 모르고 살아온 그녀에게 환하게 웃는 법을 가르쳐 주고 소리 내어 웃을 수 있게 하며 잔잔한 미소를 머금은 행복을 준 그 남자.

하늘과 땅이 맞닿은 불상사가 닥치더라도 그녀를 보듬어 지켜 주겠다고 약속처럼 이야기하던 그 남자는, 어느 날 등산을 하고 하산하던 길에 다리가 후들거린다며 지치고 힘들어하는 그녀의 작은 등에 건장한 몸으로 업히기까지 한 적도 있으니, 자신을 과대 포장하거나 위선을 보이지 않는 그야말로 본연의 모습 그대로를 보여 주는 남자이다.

어이없는 상황을 웃으며 받아들인 그녀는 그 남자의 가식 없는 태도를 즐기는 것일까?
그녀가 사랑하는 그 남자의 모습이다.

흔적

지난 상처의 흔적을 크게 남기며 가슴앓이를
하고 있었던 너를 나는 상상하지 않았다.
아니, 생각조차 하지 못했다.

아픈 상처 없는 영혼이 어디 있을까?
나 역시 네가 준 아픔에 상처를 입고
흔적 남기지 않으려 애썼다.

내 아픈 상처가 내 꽃밭에 거름 되어 꽃 피기를
애써 웃음 지으며 진심으로 너를 품으려 했건만

너는 오래전 그 상처를 가슴에 묻어 두고
내게 독화살처럼 쏟아 내는 원망이
그렇게도 지워지지 않았니?

빗나간 나의 진심에
그동안 나 혼자 너를 바라보고
마음을 드러낸 내가 안쓰럽기 그지없다.

치유되지 못한 너의 상처를 보듬어 줄 여력이
내게는 없구나
나는 지난 내 시간처럼 또 그렇게 시간이 흐른 후

스스로 꽃을 피우려 거름 주듯
나를 다독이고 행복한 나로 만들고 나면
그때쯤 다시 너의 상처를 볼 수 있을지….

서로 다름

이 울타리 안
저 울타리 밖
향기가 흘러나오는 곳
서로가 존중하며 이해가 바탕이 되는 곳

서로의 개성이라는 가시가
서로에게 찔러 대고 상처 주니
피고름이 아픔의 끝에서
악취를 뿜어내는 곳
저 울타리 밖.

여물어 가는 시간

미처 여물지 못한 푸른 은행알이 세차게 내리치는 빗방울에 못이기고, 길바닥에 널려 지난밤의 세찬 폭우의 뒤 그림자를 보여 주는 아침.

여전히 세차게 내리는 빗줄기를 커다란 우산과 코랄색 장화로 막아 내며, 바쁘게 발걸음을 재촉하여 탁구장에 도착했다.
오후 시간에 운동을 꾸준히 하다가 오전 시간으로 바꿔서 한 지도 2개월 가까이 접어든다.
아직은 모든 것이 익숙하지 않고 불편하게 느껴지는 것이 많다.

혼자만의 조용하고 여유로운 아침 시간을 보낼 때마다 행복한 기운을 많이 느꼈던 것은, 음악과 함께함이며 예쁜 컵에 담긴 커피 한 잔을 들고 사색하는 시간을 가질 수 있었기 때문이다.

분주히 아침을 보낸다는 것이 좋은 면이 없는 것은 아니지만, 내성적 성향의 나는 혼자이거나 맘에 드는 친구와 조용히 얘기하는 것을 좋아하다 보니, 아침부터 여러 사람과 어울려 운동하고 비위를 맞춰 가며 어울려야 하는 환경이 부담스럽다.

게다가 연습 방향을 잃고 복식 게임 위주의 운동이 내게는 정말 부담으로 작용한다. 싫지만 함께해야만 하는 것이 어렵다.

아침 시간에 길에서 보았던 푸른 은행알이 생각난다.

여물지 못하여 쓸모없이 길 위에서 쓰레기처럼 나뒹구는 푸른 은행알이….

얼마나 많은 시간과 노력을 투자해야만 온전한 은행알이 되어 사람들이 필요성을 느끼고 어디에 뒹굴고 있을지라도 단단한 껍질이 속 알을 보호하고 진정 모두에게 필요한 존재로 거듭날 수 있을까?

내가 좋으면 모두가 좋은 법.

내가 좋아하고 내가 즐기는 법을 터득하기 위한 시간, 여물어 가는 시간은 지금도 필요하다.

시절 향기

피어나는 꽃잎에선 향기가 피어나고

새로운 만남의 좋은 사람은 향기를 전해 주고
시들해진 인연의 동반은 무미해져만 간다.

향기가 없으면 아름답기라도 해야지
좋았던 시절은 속절없이 흘려보내고

온실 속의 화초가 되어
추운 것도, 더운 것도
견디는 힘이 없는 모습

생기도 활력도 의지마저 놓쳐 버린
늙어만 가고 있는 사람들

그들에게선 향기가 피어나지 않는다.
함께하고 싶지 않은 사람의 모습이다.

바람꽃

가벼운 바람이 지나간 자리
떨어진 꽃잎 하나

반듯한 그대 지나간 자리
고운 자취 남기고

반가운 바람 지나간 자리
마른 풀잎에 얼굴 내밀고

사랑 많은 그대 지나간 자리
사랑의 흔적 남겨

무서운 바람 지나간 자리
모든 것이 뒤바뀌고

불편한 그대 지나간 자리
내 가슴에 멍 드리웠네.

봄 햇살

마음이 시리고 아픈 그대를
모두가 봄 햇살처럼 따사롭고 찬란하게
어루만져 주고 웃음으로 맞이할 세상을 그려 본다.

아픔이 많은 그대의 가슴에 못이 박힌
상처를 빼내어 치유할 누군가
그대의 진정한 벗, 혹은 그대 안의 자신

시리고 아프고 열나는 마음
나 혼자만의 고통이 아닌
함께하지 못한 혹은 함께여서 느낄 수 있는

이 세상 나 혼자지만
함께하는 많은 것
그 가운데 그대를 찾아가는 곳

기쁨과 슬픔을 나눌 그 누군가
진정한 마음으로
웃음과 눈물을 같이하는 그대

치유의 힘을 가진 봄 햇살이
바로 그대.

제4장

마음과 말과 몸

언어의 힘

빈 총도 맞지 않은 것만 못하다고 한다.

자신에게 가해지는 원하지 않은 어떠한 공격도 싫기 때문이다.

그러나 받으므로 끝없이 좋은 것도 있다.

‘좋아’, ‘사랑해’, ‘보고 싶어’, ‘그리워’, ‘축하해’, ‘감사해’, ‘잘했어’ 등

진심으로 건네주는 말이면 더할 나위 없이 좋겠지만, 빈말인들 어쩌하리?

받아서 좋은 것은, 들어서도 좋고 해서도 좋은 것이 아닐까?

말하기와 쓰기

말을 하고 말을 듣고 말을 전하는 일들
사람들은 쉽게 해

그러나

글을 읽고 글을 쓰고 글을 전하는 일들
사람들은 잘 하지 않아

보는 것보다 소리로 듣는 것을 좋아하는 탓일까?
소리로 듣는 것보다 보는 것이 어려워서일까?

말은 뱉으면 주워 담을 수 없어 어려워
글은 잘못 쓰면 지울 수 있어 좋아

말은 하다 말면 듣는 사람이 답답해
글은 쓰다 말다 나중을 기약해도 상관없어

말은 듣기 싫어도 끝까지 들어야 해
글은 읽기 싫으면 잠시 눈 감고 쉬어 갈 수 있어.

말과 소리

머릿속의 생각들을 전부 말할 필요는 없다.
그래서 때로는 침묵이 흐른다.

그러나, 내 머릿속의 생각들이 입 밖으로 나온 순간 나도 모르게 상대를 아프게 하거나 곤란하게 하거나 혹은 공감의 경우를 만들 수도 있다.
전자의 경우였다면 차라리 침묵이 좋았을 거라고, 머릿속의 생각들은 역시 머릿속에 남길걸 하는 후회를 하게 되는 순간이다.

말이 필요한 순간은 머릿속의 생각이 아닌 가슴 깊은 곳에서 우러나오는 공감의 소리.
상대가 듣고자 원하는 그 무엇.
내가, 상대가 느끼지 못하는 공허함의 소리가 아닌 따뜻함과 울림을 주는 진심 어린 사랑을 전하는 소리.
마음에서 밀려오는 정겨움의 표현.
내가 말해야 할 때.

말

묵언 수행의 일상을 살아가야 하나?
말처럼 쉬운 것이 없다고 하지만
말처럼 어려운 것이 또 무엇일까?

진심 어린 말소리를 듣지 못하고
마음속의 진심을 내어놓지 못하는 사람들
자신을 드러내기 위해 목청을 세워 끝없이 얘기하는 사람들

말하는 법의 기초는 자기 목소리 관찰부터라고 하는데
자신의 목소리를 들을 수 있고
타인의 목소리를 들을 수 있는
관리와 훈련이 필요한 것을 많이 느낀다.

나의 목소리와 말이 누구에게 들리는가?
마음 닫은 이에게 말은 더는 말이 아니다.

말수가 적어요

본인이 알고 있는 사람 가운데 가장 말이 적은 사람이 나라는 소리를 들었다.

또 어떤 이 역시 전화상으론 말을 많이 하는데 만나면, 내게 눈만 깜박거리며 말이 없다는 소리를 들은 적이 있다.

내가 그토록 말수가 적은가?

필요하지 않은 말, 하고 싶지 않은 말, 상대가 들어서 기분 나쁜 말, 전하고 싶지 않은 말, 상처 주는 말, 논쟁하고 싶지 않은 말 등 내가 말을 적게 하는 이유다.

그렇다고 내가 항상 입을 다문 채로 거의 말을 하지 않는 것이 아님에도 잠깐의 정적과 세세한 상황과 입장 등을 이해하지 못한 경우에서 나오는 말인 것 같다.

나름으로 생각 없이 말을 아끼는 것이 아닌 나인데….

대화 도중 깊은 사고가 필요할 때도 있고, 그 상황을 유추해 보기도 하고 잠깐 글거리를 생각하다 보면 잠시 말이 끊길 때가 있는 것이다.

또한 상대방에게 기회를 주고자 하는 맘도 크다. 더욱이 유머가 있는 말재주도 없으니 당연히 나는 말을 아낄 수밖에 없는 것이다.

건전한 대화를 주고받는 것 또한 쉬운 일이 아니다. 대부분 사람이 쉽게 하는 말 가운데 남의 얘기가 주류를 이루고, 자기의 생각이

나 삶의 방식이 그저 옳은 것처럼 생각하며 자신은 늘 타인을 배려하는 것으로 착각하며 사는 사람들의 이야기가 마냥 듣기에 즐거운 것만은 아니다.

아닌 것을, 그렇다고 맞장구를 쳐 주는 무던한 센스도 가지고 있지 못하는 나에게 남들과 섞여서 얘기를 주고받는 것 자체가 그저 즐거움은 아닌 것이 분명하다. 어떤 날, 좀 많은 이야기를 주고받고 하던 날은, 왜 그리 기운이 빠지고 고독해지는지 나는 알 수가 없다.

그래서 불필요한 말을 아끼다 보니 나는 점점 더 말수가 적어지는 것일까?

대중이 나의 이야기를 듣고자 한다면 나는 기꺼이 큰 소리로 많은 이야기를 신나게 할 것이다.

귀 멀고 눈멀어

항상 열려 있는 두 귀를 두고도
하는 말을 귀에 담지 못하는 남자

닫혀 버린 여자의 입술 밖으로
꺼내고 싶지 않은 언어들

사랑이 식어 버린 순간
굳은 눈빛으로 그 남자를 본다.

그 남자는 여전히 천진한 눈빛으로
여자의 닫혀 버린 입술을 보지 못한다.

내 맘 같아선

내 맘 같지 않음이 당연한데

내 맘 같기를 기대한 건

아직도 끊지 못한

그리움이 남아 있기 때문인가

내 맘 같아선 함께하고픈데

내 맘 같아선 나누고 싶은데.

마음의 온도

가벼운 미소
무거운 침묵
무엇을 선택할 것인가?

따뜻한 손길
차가운 시선
무엇을 선택할 것인가?

차갑지도 뜨겁지도 않은
시원하고 따뜻한 내 마음속의
잠자는 감정의 온도계.

마음

행복하다고 웃음 지은 날이 몇 날인가?
마음 편하다고 타인의 고통을 헤아려 본 날이 몇 날인가?
몸이 편해서 가벼이 여긴 날이 몇 날인가?
그래도 내 마음속 한편에는
나 말고 다른 이의 아픈 마음도 함께하고픈
고운 마음도 간직하고 있는데

마음에 병이 자주 온다.
머리가 아프고 가슴을 짓누르는 답답함
숨이 차오르고 사지에 힘이 빠지는
삶이 재미없게 느껴지는
내게 권태기가 찾아왔나?

그러나 내게 주어진 삶을
살아 내야 하기에
움직일 수 있는 한 내 몸은
게으르지 않고 움직일 것이며
따스한 온정을 키우기 위해
매사의 많은 것에
항상 감사한 마음으로 보낼 것이다.

차라리

그대가 나를 이해할 수 없다면
차라리 말하지 마오

내 마음속 성난 태풍이
잠시라도 가라앉아

고요해지면 그때 한 마디
힘들었지~

긴말 짧은 여운
짧은 말 긴 여운이 되게.

나도 너처럼

비난과 지적질에 익숙하지 않은 나는
고개를 끄덕이며 웃음으로 흘려보내는
너의 마음 씀이 부럽다.
나도 너처럼 되고 싶다.

나이 들어 이곳저곳이 불편한 나는
젊어서 씩씩하고 곧게 생활하는
너의 젊음이 부럽다.
나도 너처럼 되고 싶다.

시선을 머무르게 하지 못한 얼굴 가진 나는
뭇사람의 시선을 모으는 빼어난 미모 가진
너의 예쁜 얼굴이 부럽다.
나도 너처럼 되고 싶다.

보이고 싶은 속마음

아픈 마음
찢기고 부서진 마음이
상처를 싸매기도 전에
또 무겁고 쓰린 아픔으로
부서져 버린 마음에 난도질을

살아 보고자 큰 소리로
그만하라고, 그만하라고
부서져 버린 내 마음을
보이고 싶어

상처 나고 헐거워진 내 마음을
그 누가 메워 주고 치료해 줄까?
보이지 않는 마음이
상처 나서 아픈 것을
어떻게 하면 알아줄까?

무엇보다
연약한 부서지기 쉬운 사람의 마음에
상처를 주는 관계는 힘들다.

더함 없는 이만함이

인생을 살아가면서 몇 차례의 위기가 찾아온다.

육신의 병고로 시달릴 때는 병마만 내 몸에서 털어 내면 하는, 바람.

병과 함께 씨름하면서 내 몸에 남은 상처와 후유증으로 괴로울 때 나보다 더 많은 아픔을 겪어 낸 사람들도 있고 목숨마저 담보로 하는 이도 있는데 하면서, 이만함이 어디인가? 더하지 않음이 감사하지.

사랑하는 사람들에게 변고가 생겨 괴로움에 시달릴 때 내가 그에게 별다른 도움을 줄 수 없을 때의 아픔.

시간이 지나고 그에게 남은 상처를 보면서도 이 상처가 생기지 않았더라면 좋았겠지만 더함 없는 이만함에 감사하지.

사람들과 관계를 맺고, 부부의 정을 만들고, 형제애를 나누고, 자식을 낳고 기르면서 내 맘 같지 않음에 갈등하고, 화내고, 말에 비수를 들이대기도 하면서 한바탕 회오리 같은 강한 위기를 경험하지 않은 이 있을까?

흐느끼며 울기를 몇 번, 소리쳐 울어도 보고, 가슴을 쳐 보기도 하고 죽음까지도 생각하면서 영적 스승인 님의 명호를 읊조리며 시간이 흐르고, 감정을 다독이며, 내게 소중한 당신과 회해를 헤 본다.

더 큰 회오리가 아님에, 종말이 아니었음에, 회복할 수 있는 관계

임에, 더함 없는 이만함에 감사하지.

　이 세상을 살아가다가 나쁜 일이 애초에 생기지 않는다면 얼마나 좋을까만, 그래도 항상 이만함, 이 현상에 감사하며 살아가는 거지.

마음 담은 정

마음 담아 정을 주었는데
한두 번의 서운한 맘 어긋난 표현
마음 담은 정이 아니었네

차가움 가득하고
무거움 깔아 놓고
마음 담은 바구니에 구멍이 생겨
마음 담은 정은 자꾸만 흘러내리네

담지 못한 마음의 정
안타까움을 어찌하나.

내 마음에도 여백이

정리정돈이 잘 되어 있는 어느 곳이든 시선이 가게 되면 마음마저 편하다.

그 마음이 편하다는 것은, 정돈이 잘 되어 있는 곳에선 반드시 여백 또한, 같이한다.

불필요한 것을 과감히 버리고 나면, 필요한 것이 제자리에서 빛을 내듯이 이야기를 기다리는 것 같다. 물건들을 치우고 정리하면서 생겨나는 공간에 마음마저 공백이 느껴진다. 꽉 채워졌던 감정의 찌꺼기가 물건을 정리하다가 문득 비워지는 느낌에 나 스스로 깜짝 놀란다. 마음에도 공백이 생기는 순간이 있다는 것을 가끔 잊고 산다.

대단하거나 지켜야 하거나 하는 것이 아님에도, 붙들고 쉽게 놓지 못하는 많은 것이 우리를 숨 막히게 하고 피곤하게 한다. 또한, 더 나아가지 못하도록 하는 요소가 될 경우도 있다. 보이는 것을 무시할 수가 없다. 보이는 것이 단순하고 정갈해지면 마음 또한 가벼워진다. 비어 있는 듯한 제자리에서는 빛을 내듯 손길을 기다리는 것에 많은 상상의 날개를 달아 재미있는 삶의 모습을 꿈꾸기도 한다.

아담하고 작은 접시와 화려하고 커다란 접시를 구분하여 수납하면서, 어울리는 음식을 생각하고, 언제인가는 음식을 만들어 적당히 사용하기 편한 자리에 두면서, 꺼낼 날을 계획도 하면서 눈웃음과 마음이 행복한 주방을 만드는 시간이다.

내 마음 안에 잠깐의 여백이 머물다 간 시간이다.

몸에서 보내는 신호

또다시 찾아온 소화 불량.

불편한 심기로 꾹꾹 먹은 음식물이 소화되지 못한 채 가슴을 답답하게 했다.

잠을 이루면 잊겠지 싶어 10시쯤 잠자리에 들었지만, 잠을 이룰 수가 없었다.

불면으로 고생하는 사람들의 고충을 이해하는 시간이다.

누워 있는 것 자체도 버거울 만큼 답답한 가슴의 통증과 소화되지 못한 음식물이 몸 안에서 요동치는 느낌으로 이리 뒤척 저리 뒤척 해 보지만, 결국 11시쯤 침대에서 다시 몸을 일으킬 수밖에 없었다.

거실로 나와 TV를 켜고 앉아, 보지 않던 노래 경연 프로를 찾아보면서 안락의자에 등 기대고 앉아 상당 시간을 지켜봤다.

인정받기 위해 살아남기 위해 온 힘을 다해 노래 부르는 그들의 노래를 듣고 있자니 리듬과 분위기에 내 몸이 반응하는 걸 보니 죽을 지경은 아닌 것이 분명했다.

연거푸 트림이 나와 조금씩 가라앉고 12가 넘어서 다시 침대로 향했다.

역시 깊은 잠이 들지 않는 밤이었다.

다음 날 새벽에 약간의 복통이 느껴져 화장실로 가서 지난밤에 불편했던 음식물의 잔재를 쏟아 내고 나왔다.

개운한 것 같지만 여전히 트림은 나왔다.

종일 굶다시피 하면서도 집안일을 놓을 수는 없었다.

움직이다 보니 약간의 배고픔도 느껴졌다.

냉동실에서 부담되지 않는 음식물이 뭘까를 고민하며 팥 갈아 놓은 것과 쌍화차를 꺼내어 녹이고 묽은 팥죽에 한두 개의 찹쌀 새알심을 넣어 끓여서 속을 달랬다.

그리고 따뜻하게 데운 쌍화차 한 잔을 마시며 에너지를 보충했다.

혼자 불편한 상태로 하루를 집에서 보내자니 편함보다는 외로움이 느껴지는 날이다.

가난한 나는

말이 가난한 나는
당신께 사랑한다는 말 한 번 못 했습니다.

마음이 가난한 나는
당신께 따뜻하고 다정한 웃음 한 번 보여 주지 못했습니다.

몸이 가난한 나는
당신께 한 발자국도 다가서지 못했습니다.

그러나
말이 부자인 당신은
사랑한다, 고맙다는 말을 자주 합니다.

마음이 부자인 당신은
얼굴 가득 웃음 띠어 따뜻하고 다정함을 자꾸만 보여 줍니다.

몸이 부자인 당신은
지치지도 않고 늘 내게로 걸음을 옮깁니다.

부자인 당신이어서 참으로 좋습니다.
부사인 당신이어서 참으로 존경합니다.

부자인 당신이 나와 같은

하늘 아래 있다는 것이 참으로 행복합니다.

가난한 나는
부자인 당신께 부자가 되는 법을 배웁니다.

아름다움에 대한 열망

칠십 넘은 이후 나의 삶은 어떨까?
육십 중반을 넘기고도 소유욕이 들끓고
대중을 배려하지 않은 소란함에 짜증이 나고
온몸 어느 곳 하나 성한 구석이 없는데

곱던 손은 마디가 굵어지고 거칠어져
알아볼 수 없이 망가져
하얀 피부를 가진 내 얼굴
이십 대는 여드름 꽃으로
삼십 대 사십 대 오십 대는 기미와 잡티가 찾아와
어두운 그림자를 만들더니
육십 대가 되어선 주름 꽃마저 생겨
거울 속의 나를 보기가 부끄럽다.

내면에서 지금도 꿈틀거리는
경계의 틀은 여전히 작동하고
외모는 형편없이 초라해지지만
버릴 수 없는 아름다움에 대한
열망과 환희는 내가 살아 있는 한
함께할 것 같다는 생각이다.

단지

조그만 인내도 견디지 못하는 사람
불편함을 감수하면서도 우리는 살아가는데

그마저도 떨구고 싶어 타인에게
원인을 돌리고 본인은 잘못 없다며
혼자만 자유로운 사람

순간순간에 닥치는 매서운 분노
순간순간에 스미는 섭섭한 마음

떠나지 않은 이곳저곳의 통증으로
힘들어도 참아 내는 나, 또 다른 사람들

어찌 불편하지 않기 때문인가?
살아 내기 위해서 참고 있을 뿐이다.

단지 소리 내지 않을 뿐.

우선인 몸

여전히 이곳저곳에서 아프다 소리치는
쓸모없는 몸뚱이 안에선
아직도 쓸 만한 양심이 자리 잡고
피우지 못한 열정과 감성이 한가득인데

몸뚱이 안에서 고개를 내미는
소중한 것을 놓치고도
아프다며 소리치는 몸뚱이에
먼저 손 내미는
과한 대접이 이뤄지고 있구나.

대상포진 진단

특별한 이유도 없이 칼로 콕콕 찔러 대는 듯한 통증이 4일째 지속되고 있다.

왼쪽 허벅지와 다리, 골반, 허리까지 침범했다.

때론 참을 수 없는 통증에 나도 모르게 소리까지 지른다.

스트레칭도 해 보고, 주물러도 보고, 두드려도 본다.

탁구장에서 운동도 쉬지 않고 했다.

깊은 잠을 이루지 못한 채 운동은 계속했다.

구장에서 운동 중 심한 이동이 불가하여 경기는 할 수 없다는 얘기를 들던 회원분이 나의 전반적인 통증의 상황을 듣고는 대상포진이 의심스럽다며 병원에 가 보라고 권유했다. 오후에 또다시 심한 통증이 찾아왔다. 마침 시간적 여유가 있어서 병원 진료를 받게 되었다. 역시나 대상포진 진단이다. 피부에 나타나는 발진과 수포 등의 증상이 없음에도 한쪽으로만 통증이 오고, 예리한 아픔이 대상포진 초기 증상이라고 한다.

가만히 누워서 잘 먹고 잘 자고 잘 쉬어야만 빠른 완쾌가 가능하다며 운동은 절대 금물이고 몸에 무리가 가는 움직임, 꽉 조이는 옷도 피하라고 한다. 모르는 사이 나는 피해야 하는 일들을 여러 가지 하면서 이겨 내려고 했지만, 몰라서 저지른 과오였다.

가족들은 외출도 하지 못하도록 한다. 한 달 전의 약속을 난 취소할 자신이 없다.

아프고 불편하지만 난 약속 장소에 나갈 것이다.

잘못된 선택일지 모르나, 나로 하여 상대의 일정에 누를 끼치고 싶지 않은 내 마음에 한 표를 던진다.

비까지 추적추적 내리는 날. 난 나름 따뜻한 차림으로 약속 장소에 나가 점심을 먹고 정담을 나누었다.
그러는 사이 피부가 가렵더니 한두 곳에, 발진과 수포가 보이기 시작했다.
삼 일째 약을 복용 중인데 극심한 통증은 조금 가라앉고 가벼운 통증과 약간의 두통, 잦은 배변, 다행히 발진이 더 진행되지는 않은 것 같다.

집에서 쉰다고는 하지만, 집안일을 완전히 놓을 수 없는 주부라는 무거운 책무 또한 아픈 것 중 하나로 추가된 것 같다. 나의 아픔을 가늠하지 못한 짝꿍에게서 무심함을 보고 서운한 감정이 생긴다. 아픈 것이 벼슬도 아니고 한두 번 아픈 것도 아닌데 무엇을 기대한 것일까?
진단을 받기 전에는 아파도 참아 가며 이겨 내려고 기를 쓰며 생활했지만, 알고 보니 오히려 독이었다. 최대한 몸을 아끼고 마음을 진정시키려고 애썼다.
몸을 아끼다 보니 결과물이 없다. 먹을 만한 음식은 없고, 몸을 위한 음식은 섭취해야 하는데 난감하다.
맛있는 음식이라도 사서 들고 집으로 오는 그를 기대했지만, 실망의 연속이다.

생각의 차이다. 직접적인 표현을 통해서 몸보신을 위한 음식들을 섭취하는 일에 애를 쓰고 주변인들도 함께 동조해 준 덕에, 얼마 지나서부터 컨디션 회복이 되고 다시 운동도 하게 되는 일상으로 돌아갈 수 있었다.

부끄러움

너무나 부끄러워 모든 걸 지워 버리고 싶습니다.

가슴으로 깊게 스며드는
누군가의 글이 나를 부끄럽게 했습니다.

해맑은 모습으로 누구에게나 따뜻한 미소 보내는
누군가의 얼굴이 나를 부끄럽게 했습니다.

잊은 약속을 떠올리며 마음 가득 선물이 되어 찾아온
누군가의 세심함이 나를 부끄럽게 했습니다.

더는

다가올 앞날에 대한 기대도 좋지만
지금 이대로라도
더는 아픈 곳이 생겨나지 않으면

재미난 일이 생겨나지 않아도
더는 나쁜 일이 생겨나지 않으면
행복한 지금이라고

지난날 어느 한때
웃음 지은 그날
행복했던 잠시라도

더는 바랄 것 없는 마음.

좋은 것이 많아도

좋은 말 좋은 글은 많다.
내 마음속에 잠시라도 좋지 못한 것을
버리지 못할 뿐

내가 사랑스럽지 못하고
어여삐 보이지 않는 것은
좋은 말과 좋은 글을 두고도
마음 안에 담아내지 못함일 뿐

세상에 좋은 말 좋은 글이 많지만
좋은 맘 내는 일이 쉬운가?

제5장

내 마음의 별빛 담은 우주

마주한 그 무엇

잡힐 듯 잡히지 않는 것

닿을 듯 닿지 못하는 것

될 듯하건만 되지 않는 것

삶 속에서 무수히 느끼는 순간의 절박함을 거듭하면서
내 마음과 몸은 나름 순응해 간다지만
노력만으로 되지 않는 것은 분명 존재한다.
시간과 공간 사이에서 인간인 나의 노력이
때론 효과적인 결과를 초래할 때도 있지만
드넓은 우주 가운데 지구상에
잠시 머무는 한낱 작은 분자 같은 나의 존재가
한없이 무능하고 가련하다는 생각이 들 때가 바로 지금

될 듯 되지 않아
닿을 듯 닿지 못해
잡힐 듯 잡히지 않는 실체들과 마주한 때….

무심

길들여진 시선과 닫힌 마음
세상의 편견과 어둠을 함께한다.

걸림 없는 자유와 행복의 순간
지금 잠시라도 내면을 반조(返照)해 보는 나

무상의 벚꽃 지는 봄도 가고
화려한 빛을 자랑하는 양반 꽃 능소화도
뚝 떨어지며 여름을 보낸다.

어느 것을 보든지
무엇을 듣든지

흔들림 없이 그냥 무심으로 받아들이는 연습
꽃은 내게 말한다.

그냥 그렇게 그 자리에서
그때를 놓치지 않고
잠시나마 화려한 모습으로 피어났을 뿐이라고.

거대한 우주, 작은 나

이 거대한 우주에서 하찮은 내가
그나마 소유하고 누리는 이 공간마저
때론 과분함에 몸서리치듯
자잘한 욕심을 내려놓게 만드는 순간이 있다.

소리로 스쳐 가는 모든 것이 음악이 되는 순간
아름다운 자연의 신비로움을 목격한 순간
천재들이 꽃피운 건축물과 조각품의 예술이 빛을 발하는 곳
많은 예술가를 키우고 발전시킨 메디치 가문의 업적과 포용력이
고스란히 전해지는 피렌체 여행
수많은 여행지에서 보고 느낀 순간의 감동
거대함 속에서 스스로 내가 작아지는 이 느낌.

청결

돌아보지 못한 사이 나의 마음속에 미진한 때가 끼어 가고 있음을 직시했다.

여유로운 마음으로 사람을 대하고 웃음으로 화답할 줄 알아야 하는데, 공격적인 말투가 거듭되고, 딱히 큰 잘못이나 실수가 아닌데도 내가 불편하거나 나의 기분을 건드리면 상대를 이해 하기보다는 미움의 감정이 먼저 드러나는 나의 마음을 자꾸 보게 된다.

나도 내가 맘에 들지 않는데 이 세상 그 누가 나의 마음에 들 것이며, 누군들 내가 마음에 들 것인지?

사람으로 상처받고 사람으로 치유받는 이 세상에서 사람을 떠나서 살 수 없다는 진리를 우리는 알고 있다.

그러면서도 온전히 사람을 이해한다는 것이 쉽지만은 않은 것은 그것 또한 다름의 문제인가? 인격 수양의 문제인가?

미워하거나 못마땅한 타인을 욕하거나 흉을 보면서도 그들의 앞에서는 태연하게 웃으며 대하는 이들이 많다.

그러나 나는 그것이 쉽지 않다.

어찌해야 하는가?

마음속에 드리워진 검은 때를 벗겨 내야지~

아름다운 자연과 음악과 성인들의 말씀과 사랑하는 그대의 품 안에서 지저분한 때를 밀어 내고 청결한 마음으로 사물을 대하는 연습을 다시 시작해 보는 거야.

위안의 시간

삭막한 풍경의 겨울이다.

화분에 심어 둔 작은 나무들은 잎새들을 모두 떨궈 버리고 삐죽한 가지로 앙상함만 남아 있고, 춥지 않은 기온에 미세먼지와 흐린 날씨가 회색빛으로 무겁게 가라앉아 있다. 내 육신의 처지와 비슷한 상황이다.

하루라도 아픔 없이 살 수는 없는 것인가?

이유 없는 목과 어깨 통증이 지속되고 있다.

편하지 않은 허리가 삐끗하여 움직일 수조차 없는 통증이 가세했다.

마음이 좀 편하면 몸이 아프고, 몸이 좀 편한가 싶으면 마음에 아픔이 찾아오는 반복된 고통의 연속에서도 나는 행복하다고 믿으며, 행복한 여인의 모습을 찾는다.

설 연휴가 지나고 토요일 이른 아침이 되었다.

하얀 눈꽃이 피었다.

미세 먼지와 메마름이 물러갔다.

내게도 하얀 눈꽃처럼 위안이 되어 주는 일이 생길 거라고, 반짝이는 나날을 기대해 본다.

참회의 시간

아픔이 또 찾아왔다.
이겨 내기 힘든 고통으로 일상을 보내기 어렵다.
제일 먼저 떠올려 보는 생각이 있다.

내가 무엇을 잘못했나?
나도 모르게 누군가에게 상처를 주었나?
나만 생각하며 이기적인 생활을 한 것은 아닌가?
한동안 유지되었던 나의 평화가 깨어지는 날, 나는 잠시 나의 생활을 돌이키며 점검에 들어간다.

아~ 이렇게 성찰이 필요한 시간이 왔나 보다.
모든 것이 무난히 넘어가는 일상에선 그저 감사한 마음뿐이었다.

그러나, 무심히 넘어가는 많은 상황과 일이 그저 평화만이 아니었음을 알려 주는 건 내게 몸으로 찾아오는 아픔들이 분명하다.
나이 든 여성이 흔히 가질 수 있는 질환들이 여러 가지 있겠지만, 나의 척추 질환과 근육의 경직과 비염, 눈의 노화 등은 상당히 심각한 상태다.
나름 스스로 건강하기 위한 방법들을 찾아서 노력해 보지만, 이처럼 갑자기 나를 괴롭히는 시간이 찾아오면 모든 것이 부질없다.

스케줄에 또 하나 채워 넣을 일이 생겼다.
병원 방문이 많아지는 달이 되겠구나.

의학의 도움을 받아 고통의 시간을 감소시킬 수는 있겠으나, 모든 것이 완치는 불가능이라 나는 내 힘을 모아 스스로 아픔의 원인을 찾으려고 노력하며 개선하려 한다.

고운 마음으로 사람을 보고 대우하는 일에 더욱 노력하라는 뜻으로 받아들인다.

기도하는 사람들

응답 1

미움이 사무쳐서 차가운 시선이
몸에 시리게 다가와
법당에 엎드려 백팔 배의 몇 곱씩 절을 올리고
평온이 유지되기를 간절한 마음 두 손 합장하여
눈물이 비처럼 흐르더니
가슴속엔 박하사탕이 녹아내려
따뜻한 온기가 온몸을 감싸네.

응답 2

부딪히는 사람들 속에서
상처 입고 상처 주고
부족한 내면의 정체성에 흔들려
묵주 돌려 가며 성경 말씀에 눈도장 찍어 가며
흔들림 없는 주님에 기대어
지혜로운 삶 속으로 가고파
내게 주신 선물
다름을 인정하는 것
나와 다른 모두를 인정하는 것
편안함이 선물처럼 와 있네.

어느 여인을 위한 기도 1

신이시여!
힘없고 가녀린 저 여인에게
한숨과 눈물을 거둬 가 주소서

신이시여!
메마르고 움츠린 저 여인에게
웃음과 행복의 보따리를 내려 주소서

신이시여!
현실에서 도망치고 싶은 저 여인에게
꿈이 현실이 되는 기적을 보여 주소서.

어느 여인을 위한 기도 2

같은 아픔, 큰 고통.
단련되고 무뎌진 줄 알았다.

그러나, 그녀의 삶에 몰아친 또 한 번의 고통.
말을 잃고, 웃음을 잃어버린 그녀의 일상.
자신감 넘치고 재치 가득했던 만남도 이제는 보기 어렵다.
자신이 직접 체험하고 감당해야 하는 아픔보다 지켜볼 수밖에
없는 아픔에 더욱 소심해진 그녀의 힘 빠진 목소리.

하느님, 세상에서 가장 무서운 병이 무언지 아세요?
암~

암은 알게 모르게 찾아와 모든 일상을 묶고 사랑하는 모든
이들에게 상실감을 주고 힘듦에서 나오는 데 많은 시간을 소비하게
만든다.

부디 그녀의 명랑한 음성과 태도를 빨리 볼 수 있는 시간이
오기를 기도로 대신해 본다.
젊고 아름다운 아픈 딸과 엄마가 고통으로 허우적대는 늪에서
헤어 나오기를….

조급한 맘 내려놓고

가던 길 어느 때
내 가슴 안으로
봄바람 되어 들어오신 당신

뜨거운 여름 햇살 견디며
나뭇잎이 무성하던 때도 놓치고

찬 바람은 무수한 사연을 흩뿌리듯
낙엽 비를 만들어

어느 사이 하얀 눈은
내 마음의 빗장을 여는데

도망가듯 멀어져 가는
저 너머의 내 청춘은

봄바람 당신을 그리지만
세월을 못 이긴 나는

조급한 맘 내려놓고
언젠가 다시 봄바람 되어
내게 오실 당신을 기다립니다.

명상의 시간

내게 행복이라는 단어를 가슴으로 느끼고 입으로 말하게 해 준 인연에 감사합니다,

세상살이에 서투르고 부족하기 이를 데 없는 나를 사랑해 주고 관심으로 늘 격려하는 주변의 나의 참다운 님들, 내 가슴안으로 잔잔히 들어오는 평화로운 선율의 음악들, 보는 것만으로도 아니 향기까지 풍겨 내는 예쁜 꽃들, 스치듯 지나가는 바람, 메마른 대지위에 촉촉하게 내려 주는 빗줄기, 푸른 하늘, 봄이면 약속처럼 얼굴을 내미는 새싹들, 빨주노초의 자연의 색이 주는 나무들, 나는 당신으로, 나는 자연으로, 음악으로 행복이라는 말을 하게 됩니다.

행복하고 좋은 순간에 왠지 나는 눈이 감깁니다.
가슴을 열고, 깊은 심연에 묻혀 있던 온갖 감정과 욕심들이 맑고 투명한 날의 공기에 빠져나가는 순간, 깊은 호흡과 함께 명상으로 들어가는 시간이 되기도 합니다.
스님네들의 참선을 흉내 내 보려 했던 어느 시절에, 좌선을 하고자 눈을 지그시 감고 단전에 힘을 주고 앉아서 나를 들여다보는 훈련을 한동안 열심히 해 보았지만, 얻은 것이 별로 없었고 방해하는 요소들이 많아지면서 포기를 했습니다.

그렇지만, 이렇게 순간순간 잠시나마 내 마음 안에서 울려 나오는 소리를 듣고, 외부의 환경을 받아들이고 저절로 눈이 감기듯 깊어지는 행복한 순간을 맞이하는 것이야말로 내게는 참다운 명상의

순간이라고 생각하게 됩니다.

　물질의 소유로 행복했던 순간도 많았습니다.
　물질이 내게 소유를 하라는 듯 유혹하며 내 마음을 설레게 하며
갖고 싶은 욕심을 낸 적도 많았습니다. 그것이 나의 참다운 소유물
이 되었을 때 보는 것만으로도 행복한 것이 사실이었으나, 시간이
지나고 가치가 변하면서 그 행복은 잠시로 끝나는 때가 많았습니다.

　무형의 행복한 선물이 가슴을 저리게 하며 눈을 감기게 하는 묘
약인가요?
　욕심이 자리하지 않고 마음이 평온해지는 시간, 감사함이 가득해
지는 시간, 내게는 명상의 시간이 분명합니다.

당신

늘 부족한 나라서 미안합니다.
늘 부족한 나를 채워 주어서 감사합니다.

늘 부족한 나를 흠 없는 나로 보아주어 가슴 벅찹니다.
늘 부족한 내게 힘이 되어 주어 살맛 납니다.

늘 부족한 나를 완벽이라며 칭찬해 주는 당신
사랑합니다.

소꿉놀이 일상

소꿉놀이 같은 일상이 시작되는 아침이다.

아기자기하게 채소와 과일들을 접시에 담아 배부르지 않게 나눠 먹고, 추운 날은 따뜻한 떡국이나 죽 한 그릇으로 온몸을 데워 주는 식사를 끝내면, 님은 잘 먹었다는 화답으로 나의 어깨와 등을 매만 져서 하루가 활기차게 시작되도록 만들어 준다.

우리 집은 보통 사람들이 말하는 큰 그릇이 존재하지 않는다.
살림다운 살림을 해 보지 못하고 나이 육십을 넘기면서 주변에서 제공해 주는 먹거리에 많은 양의 음식을 조리할 만한 그릇 자체도 구비하지 못했음이다.
상당한 시행착오를 거치면서 우리 부부는 소꿉놀이하듯이 어린 이가 되어서 서로를 대할 때가 많아졌다. 남들이 보면 유치하다 할 수 있겠지만, 혀 짧은 소리와 애써 귀여운 몸짓을 그에게 보내는 것 을 자주 하게 된다.

아침 출근을 배웅하고자 현관문 앞에서 나는 배꼽에 두 손을 포 개서 90도로 정중하게 고개를 숙인다. 엘리베이터에 오른 그에게 다시 한번 똑같은 자세로 인사를 하면서 고개를 옆으로 하면서 그 를 바라보는 과정을 거치고, 이제는 그도 같은 인사를 한다. 그러면 서 우리는 서로의 얼굴을 보고 웃으며 문이 닫히는 순간까지 그렇 게 있기를 반복하는 일상을 시작한다.

저절로 얼굴에 웃음이 자리하고 있다. 일명 유치원생들이 한다는 배꼽 인사의 효과다.

어른이 되면 유치하다는 핑계로 서로 웃음 지을 수 있는 일들을 억지로 배제하거나 피하는 경우가 많지만, 나이가 들어갈수록 아이들 같은 몸짓과 태도가 때로는 우리를 웃고 행복하게 만들 때가 많다는 것을 실감하게 된다.

아침 식사

마음과 정신마저 하얗게 하는 유미죽

달달한 노란 호박죽

해독에 탁월한 푸른빛 녹두죽

사포닌 가득한 붉은빛 팥죽

단백질과 고소함이 한가득 까만빛 깨죽과 콩죽

감칠맛 나는 콩나물 넣은 북어죽

든든함과 속이 따뜻해져 오는 매생이굴떡국

내일 아침 우리 님의 속을 무엇으로 채워 드리나?

꿈속에서

당신이 없는 이 세상

난 숨을 쉴 수가 없어요
아무것도 볼 수가 없어요

아무것도 들을 수가 없어요
어떤 것도 먹을 수가 없어요

그 누구도 당신을 대신할 수 없기에
내가 의지하고 믿던 당신이 내 손을 놓아 버린

그날 나는 숨이 막혀 이 세상과 이별하고
당신 곁으로 가는 준비를 합니다.

사무친 그리움이 내 가슴을 저미네
애절한 슬픔이 눈물로 흘러내려 그치질 않네

꿈이었습니다.
다행입니다, 휴~

나와 당신

내 그리움은 당신이랍니다.
마음 한구석 비어 있는 자리에
당신의 향기가 와 앉기를 기다립니다.

당신의 그리움은 누구입니까
온갖 즐거움 가운데도
슬픔 한 자락이 생겨날 때
나의 미더운 마음이
당신의 슬픔 한 자락을 걷어 낼 수
있기를 바랍니다.

그리움이 사무치지 않기를
당신의 향기가 자주 내게 오기를
나의 미더움이 자주 당신께
느껴지길 바랍니다.

그대 가슴에

누군가로부터 상처를 받고
내려앉은 마음의 무게 때문에
휘청거리는 순간에는
가슴 따뜻한 내가 되어
그대를 안아 주고

그대가 숨이 멎도록
심장이 박동 치는 순간에는
그것이 마음 안에서
받아들인 깊은 공감의 음악이었음을
알아차린 것이라고
그대 가슴에 아름다운 운율이 자리한
순간순간이 많이 이어지길.

행복

나로 하여 그대가 행복하다니
난 그대로 인하여 더욱 행복하나니
이 행복을 그대가 준 것이라면
나는 하염없는 사랑의 물줄기를
그대 향해 쏟아부으리
이 세상에 나 같은 사람 또 하나, 둘, 셋
많아지면 우리 모두 행복한 세상에 살고 있을까.

고맙습니다

고맙습니다.
당신에게 항상 갖는 마음입니다.
그래서 나는 당신께 항상 "고맙습니다." 하며
늘 말합니다.
그러면 당신은 무엇이 고맙냐며 묻곤 합니다.
고마운 마음 가질 일 해 준 것 없다며
그런 말 하지 말라고 합니다.
그런데
나는 고마운 당신이 때로는 밉기도 합니다.
고마운 마음 그것 하나만으로도
모든 것을 이해하고 받아들일 수 있으면 좋으련만
나를 힘들게 하는 작은 일에도
고마운 마음이 흔들리고
사랑하는 마음마저 흔들립니다.
깊지 못한 내면의 자성을 탓하며
"고맙습니다." 하는 마음
한순간도 놓지 않으려고 합니다.

다짐

내 삶을 당당하게 해 준 버팀목
바로 당신입니다.

당신이 있어 뭇사람의 인사
나에게 전합니다.

당신으로 인해 꽃이 되고
당신으로 인해 열매 되어
그 씨앗 뿌리기를

당신의 따스한 정
이끌림이 되고

당신의 피어나는 미소는
설렘이 되어

내게 와 앉은 소중한
님이시기에
언제까지나 두 손 받쳐 받들겠습니다.

아름다운 하모니

그대와 내 마음이 아름다워
세상에 존재하는 많은 것이 함께 아름다워

아름답게 볼 수 있는 두 눈이
흠 없는 사물처럼 보여

아름답게 들을 수 있는 두 귀가
허물을 담지 않아

아름답게 느낄 수 있는 영혼이
미운 것을 가려

그대와 나의 아름다운 마음이
세상과 함께하니

사랑과 평화와 행복이
선물 되어 오네.

아침 풍경

이른 아침 창문을 열면

밤새 자연에 묻혀 있던 사물이 깨어나는 소리

부지런한 어느 이웃집에서 풍겨 오는 상큼한 비누 냄새

새들의 지저귐

나의 몸과 맘은 창문 밖의 에너지를 흡입한다.

좋은 것만 고르고 골라

이 아침 당신께 선물하고 싶다.

杞憂

연약한 몸으로 당신께 와서 미안합니다.
여기저기 닳고 비뚤어지고
온전하지 못한 내 몸은 항상 힘들어도
당신께 풍요로운 행복한 가정을 드리고 싶었습니다.
어느 순간
눈앞이 보이지 않고
당신을 기억할 수 없는 일이 생겨
당신의 가슴에 못을 박고
한숨짓는 일이 생겨
힘든 삶을 살아가지 않을지
가슴을 졸입니다.
이유 없는 통증이 내 몸을 힘들게 하여도
따뜻한 당신의 손끝이 내 몸을 어루만지고
다정한 눈빛과 가슴에서 나오는 진정한 걱정의
말 한마디는 치유의 빛처럼
나를 가벼이 통증으로부터 탈출시키는 듯합니다.

내 안의 사랑

까칠한 나의 가시 옷을 벗겨 주고
순정의 부드러운 옷을 입혀 준 사람

차가운 세상 향해 달려가는 나에게
따뜻한 세상으로 손짓하며 보금자리 만들어 준 사람

아무리 주어도 아깝지 않은 사람
행복을 준 사람

마음 닮은 우리가
좋아하는 색을 똑같이 끌어당기는 힘

인연인가 봐요.

듣지 못한 푸념

그대가 못다 한 말
내 마음 다하여도
들을 수가 없어요

그대 가슴에 켜켜이 쌓아 둔
어리석은 푸념들
내 가슴을 열어
풀어 주고파.

당신으로 인해

내가 겪은 이 아픔, 이 고통, 이 쓰라림
당신에게는 없기를

나로 하여 당신이 웃을 수 있었다면 다행입니다.
나는 당신으로 인해 가슴 벅찬 기쁨을
나는 당신으로 인해 따뜻한 인정을
느낄 수 있어서 살맛 나게 행복했습니다.

나의 의도와는 다르게 어긋난 시선과 감정이
우리 함께할 수 없는 경우에도
내 마음에 상처가 남겨져도
난 내 삶에 당신, 그대, 네가
잠시라도 있었음에
행복한 여운을 안고 살아가고 있답니다.

그래서 나는 내가 겪은 아픈 감정들이
당신에게는 없기를 바랍니다.

행복한 여인의 길

나로 하여 당신이 행복할 수 있다면
매일 따뜻한 밥을 대접하고
정다운 미소와
포옹으로 배웅하고
맞이하는 매일 가운데
당신이 배부르고 마음이 따스해져
가슴으로 풍요로움을 느낄 때
행운 같은 한 스푼의 재미가 더해지고
나로 하여
살맛 나는 인생을 경험할 수 있다면
당신이 행복할 수 있다면
나는 이미 행복한 여인네

당신이 내게 웃음꽃 피어나라
따스한 가슴으로
사랑의 거름으로
촉촉한 밀어를 속삭이며
부지런히 가꾸었으니

나는 당신께 행복의 꽃다발로
분주한 손놀림과 발걸음으로
고개 숙여 공손한 인사 올리고
따뜻한 보금자리 만들어

늘 편한 정원이 되어
당신 발길 머무는 곳에 드리리다.

마태복음을 읽으며

너희 눈은 너희 몸의 창문이다.

네가 경이와 믿음으로 눈을 크게 뜨면 네 몸은 빛으로
가득해진다.

네가 탐욕과 불신으로 곁눈질하고 살면, 네 몸은 음습한
지하실이 된다.

네 창에 블라인드를 치면, 네 삶은 얼마나 어두워지겠느냐(후략)

하나님의 율법과 예언가들의 설교를 다 합한 결론
간단하지만 유용한 행동 지침으로
사람들이 너희에게 무엇을 해 주면 좋겠는지 자문해 보아라.
그리고 너희가 먼저 그들에게 그것을 해 주어라.

때로는 잔잔하게 나를 키우는 말씀들에 마음을 열고
도량이 넓은 내가 잠시 되어 있을 때
그때는 평온함이 밀려오고 행복이 느껴질 때.

제6장

인생의 강물

삶 1

어떻게 살아갈 것인가?

살아갈 날보다

살아온 날이 더 많은

나의 삶

살아온 날이 살날을 결정하는 것만 같은데.

삶 2

흉내 내는 삶은 이제 그만

나만의 향기 있는 삶

나만이 그릴 수 있는 삶

너만이 해낼 수 있는 삶

너이기에 풍요를 누릴 수 있는 삶

삶이 무겁니

삶이 아프니

삶이 외롭니

삶이 지치니

나에게로 오라고 손짓하는 그곳
님의 품으로, 님의 말씀이 있는 그곳.

삶 3

살아 있다는 것에
의미를 두고 살아가고 있는 삶이지만
살아 내기 위해 애쓰고 힘듦을 이겨 내는 것이
삶이란 것을
내 뜻대로, 내 기분을 맞추는 일이란
잠시의 휴식과도 같아서
기다리며 이겨 내는 시간 속에서
가끔 왔다 가는 빗줄기 같은 것
결국 인생이란,
삶에서 살아 내기 위해서 애쓰는 것
단지 그뿐.

삶의 명제

어떤 이에겐 삶 자체가 희망이며
선물인 사람도 있고

어떤 이에겐 삶 자체가 무거운 짐이며
힘들고 지친 사람도 있다.

이 세상을 살아간다는 것이
결코 쉬운 일이 아님을 나는 알기에

삶이 내게는 무엇인지
하루에도 몇 번씩 되새기며 자문해 본다.

어떤 날은 선물처럼 내게 와 있고
어떤 날은 희망이 되어 내일을 기다리며
살아 있음에 감사한 날도 많았다.

어떤 날은 싸워야 했고
어떤 날은 도전해야 했으며

어떤 날은 낙담해야 했으며
어떤 날은 노동으로 지치고

어떤 날은 사람 때문에 울어야 했던 날들

삶이 무거운 짐처럼 느껴지던 날도
분명 있었다.

난 나의 삶을 뭐라고 단정 지을 수가 없다.
타인들은 각자의 삶을 뭐라 하는가?

그중에는 단호하게
살아 있음에 감사하다고
행복하다고 말하는 이가 있다.
한구석 찔리는 맘으로
나를 돌아보는 시간이 된다.

삶이란

삶이란
땀과 한숨과 눈물 속에서
피어나는 웃음꽃

삶이란
수많은 갈등과 번민 속에서
선택해야만 하는 단 하나

그것은 버리고 포기하고
애써 찾지 않아도
찾아오는 인연 같은 것.

삶의 체험

아직도 미처 터득하지 못한 삶의 지혜
보고자 한다면 볼 것이 많은데
알고자 한다면 알 것이 많은데
가고자 한다면 갈 곳도 많은데
어떤 이는 우물 안 개구리가 되어
저 넓은 세상의 미처 접해 보지 못한
많은 것들을 놓치고도
구하지 않고
어떤 이는 새처럼 자유로워
저 넓은 세상을 훨훨 날아다니듯
어떤 것에도 구속받지 않고
끝없이 갈구한다.

삶은

나이 육십을 넘기며
삶에 속아서 육십 년을 살았네
미련 남기지 말아야 할 이 세상
얼마 남지 않은 시간의 흐름은 자꾸만 가고
허송세월 보내는 사이

지저분한 흔적은 늘어만 가고
아픔과 슬픔이 가면
편함과 웃음이 찾아오리라고
궁색한 변명과 위로를 하면서
무엇을 위해 살아가고 있는지

삶은 나를 사랑하는 듯 미워하는 듯
또 다른 약속을 받아 내려는 듯
그렇게 자꾸만 다른 듯 같은 모습으로
삶의 모습을 이어 나가네.

인생길 1

관심받아 기쁜 것이 아니라
관심 가져 기쁜 것을 알았다.

사랑받아 행복한 줄 알았지만
사랑 주어 행복한 것을 알았다.

내 삶의 일상에 잔잔한 행복의 물결이 치는 것은
상대에게서 오는 것이 아님을

내가 만들어 스스로 즐겁고 행복한 감정이
나래 치듯 나를 가벼운 발걸음으로 이끌어

인생의 종착역까지 가는 그날에
체험하고 깨달은 사실이 되어

아름다운 나의 인생길을 꾸미리라.

인생길 2

인생의 길은 늘 흐른다.

강을 건너고 언덕을 넘어 나를 지금의 삶으로 데려다준 먼지투성이인 세상에서 때로는 기적의 신비로움을 맛보기도 하고, 거대한 세상의 창을 통해 사람들과 나 자신을 들여다보는 순간순간이 살아 움직이는 시간처럼 느껴질 때도 있다.

하찮은 재미를 좇아 도리를 저버리고 순간에 움직이는 사람들이 자주 포착되는 요즈음, 나는 그저 평화로움을 제일인 듯 눈 감고 입 다물고 귀 막은 모습으로 잠시 흐르는 시간을 제어해 보기도 한다.

본인 방식대로 움직이지 않는 모든 것을, 분노로 표출하는 사람들의 무서운 이기심과 아집, 좋은 것을 타인에게 굳이 양보할 수 있는 자의 용기 있는 삶의 지혜 사이에서 아무리 하찮은 것일지라도 중함과 경함의 이면을 놓치지 않는 내 눈이, 가슴 한가운데 아픔과 따뜻함을 자리 내어 준다.

눈으로 보는 것이 아닌 마음으로 느낀 삶의 한 조각일지 모른다.

오늘도 긴 인생길에 가지각색의 모습으로 가슴 안의 강이 되고 언덕이 되고 햇빛이 되고 수렁이 되기도 한 순간순간은 또 지나가고 흘러간다.

찬란한 인생

행복은 영원한가?
행복은 순간에 왔다 가는 잠깐의 단물 같은 것
얼마만큼의 시간 뒤로 행복한 마음은 저 멀리 사라져 가고
희미한 그림자 되어 또 다른 행복을 찾아 나서네

왔다 가는 행복 붙잡고 싶어도
단물 빠진 사탕처럼 그냥 입 속에 머물 듯
일상에서 내게 왔던 행복은 그냥 잠시 스쳐 지나가는
소나기 같은 것

그러나 순간순간의 행복이 모여
내 찬란했던 인생을 만들어
난 희망으로 또 그 순간의 행복함을 위해
아픔이나 슬픔은 구름이라고 여기며
지금을 살아가고 있네.

어울림의 미학

음식을 적게 먹으면 몸이 편하고
사람을 적게 만나면 마음이 편하다고 한다.
배가 고프거나 에너지가 필요하거나
맛있는 음식이 가까이 있을 때 음식을 적게 먹는다는 것이 어렵다.
자칫 지나친 과식으로 몸이 힘들어질 때가 더러 있게 마련이다.
사람과의 만남이 반복되고 그 만남을
지속하다 보면 분명 마음이 다치고
적절하지 못한 행동에 마음이 쓰일 때도 있다.
세상사 무엇이든 과하지 않음이 중요한 것을 알지만
때때로 놓치는 경우가 많다.
침묵과 언변이 적절하게 수놓인 만남에
고픔과 부름을 적당히 하고
혼자일 때와 함께일 때를 알아서
스스로 어울림을 느끼는 삶.

시간과의 나눔

차곡차곡 쌓여 온 시간은
늙어 버린 몸을 만들고

남아 있는 시간을
갉아먹듯

문득문득 몸 편히 보내고픈
마음의 시간과 갈등하면서

마지막 날이 되는 내 삶이
한때라도 찬란한 빛이 있었음에

감사한 눈물 한 방울
흘릴 수 있도록

다부지게 버티는 시간에
힘을 써 봐야지.

살아가는 이유

수많은 아픔의 순간들에
부딪히고 깨어지고 상처 입은 나날

스스로 다독이며 때론 누군가의 위로에
진정시켜 가며 그렇게
하루하루 이 세상 속에서 살아간다.

고통 많은 이 세상을 버리고픈 마음보단
붙잡고 싶은 마음이 큰 이유가 무얼까를
내게 또 묻는다.

누군가는 아름다움 때문이라는데
글쎄~

어리석음의 한탄

점점 늙어 가는데도

예전처럼 여전히 어리석은 어린애일 뿐이네

어느 선사의 생각이 나의 생각이네

몸이 더 늙어지면 마음마저 늙어 버려

먼 훗날에 번뜩이는 지혜 기대해도 소용없어

예전과 지금의 내가 똑같이 어리석음을 벗어나지 못했는데.

시간

미처 느끼지 못하고 즐기지 못한 채
봄날이 가 버렸다.

청춘의 많은 시련과 아픔이 함께한 채
뜨거운 여름도 가 버렸다.

알곡 같은 풍요로움을 간직한 채
지금, 여기 인생의 황금기가 펼쳐졌다.

저물어 가는 석양빛을 받으며
하얀 겨울을 향해 가는 시간이 빠르다.

가을에서 멈추는 꿈을 꾸어 본다.

살아 있다는 것의 확인

살아 있다는 건
지금 내가 여기에 있다는 것
살아 있다는 건
아파서 고통을 느낄 수 있다는 것
살아 있다는 건
좋아서 웃을 수 있다는 것
살아 있다는 건
슬퍼서 눈물 흘릴 수 있다는 것
살아 있다는 건
움직임이 있다는 것
나는 살아 있음에 지금 여기에 있네
나는 살아 있음에 아픔의 고통을 느끼고
나는 살아 있음에 웃고 눈물 흘리네
끝없는 움직임으로 살아 있음을
확인하는 나날.

불확실성에 대하여

1. 봄바람에 일렁이는 나뭇잎들이 푸르름을 내 가슴에 안기듯

겨울바람의 차가운 기류는 냉정한 이성으로 내 가슴 안에서
일렁이는 감정을 잠재운다.

어제는 맞았지만, 오늘은 틀릴 수 있다는 생각이 들었다.
그리고, 한동안 고장 났던 감정의 여과기가 재작동하면서
마음의 평온이 찾아오고 타인을 바라보는 시선도
다시 바뀌기 시작했다.

드높은 파란 하늘과 초록의 나무
시원하고 넓은 바다의 푸른 파도
수많은 모래알과 피고 지는 꽃잎들에서
경계의 불확실성을 확인한다.
흩어졌던 이해심을 모으고,
단 하루밖에 살 수 없다면 하는 생각도 해 보는 시간

하지 못한 것, 보지 못한 것을 뒤로하고
그래서 다시 올 이유와 아쉬움을 남기며
내일로 나는 간다.
지금은.

2. 모든 순간이 완벽할 수 있는가?

육십 중반의 내 나이
난 그동안 무엇을 하며 살았는가?
무엇을 위해 살았는가?

단지 살아 있다는 것에 의미를 부여하고
생존 본능 위주의 삶에서 허덕이듯 살아온 모습
조금은 이타적인 삶을 그려 내고 있는 이들에게
고개를 떨구게 된다.

저녁 같은 아침이다.
어둑한 사방엔 안개와 비가 합세해
하늘도 구름도 햇빛도 가리고
울적한 기분에 가라앉은 몸과 마음이
향기로운 커피 한 잔을 부르게 한다.

적지 않은 삶을 살아온 여정에서
명확한 경계를 구분하는 것에 길들인 것처럼 그렇게 살아왔다.
그러나, 자연도 인간사도 경계의 불확실성이
너무 많이 존재한다는 것을 확인하는 순간들이 많다는 것을
요즘 들어 더욱 알게 된 지금
모든 순간이 완벽할 수 있겠나?

그냥 아쉬운 마음, 섭섭한 마음, 기쁜 마음
그대로 받아들이면서
부족함과 불확실함도 그냥 넘기는 마음.

인생 경험

시든 꽃은 다시 피어날 수 있으나
젊음은 다시 돌아오지 않는 인생사
미래를 보는 젊은이는 가깝게 보이지만
과거를 보는 나이 든 이는 멀게만 보이는

젊은 날의 풍요로운 아름다움
나이 든 이의 지혜로움

청빈의 절제된 아름다움
불필요한 것을 갖지 않는 마음

무소유의 참다운 아름다움
젊음이 가져다준 수많은 경험

노년이 되어
마음속의 지혜로움으로 남으리.

즐기는 삶

이 세상을 살아가면서 삶을 즐기며 살아야 함은 물론
타인의 삶을 즐겁게 도와주는 것 또한
같은 세상을 살아가는 사람의 도리라고 말하는
서양인 친구의 말이 가슴에 와닿았다.
죽음까지도 늘 생각하는 나지만
즐긴다는 것의 명제를 곰곰 생각해 본 적이 드물며
또한 내가 신경 써야 할 부분이라는 것은 생각하지 못했다.
나 혼자만의 삶의 테두리에서 허둥대듯
이기적인 자아로 살아온 날이 많다.
나 자신에게 늘 핑계를 들이대며
타인의 마음속 즐거움 따위 신경 쓰지 못한 나를 본다.

성숙한 기다림

나이는 가을을 넘어선 결실의 단계라지만
지금도 미성숙의 단계에 서 있다.

그리움을 아는 자만이 마음의 슬픔을 이해할 수
있다고 어떤 이는 말했다.

그리움이란 인간의 향기이며
참고 기다림의 시간을 버틸 수 있어야만 한다.

모든 사물에서 깊은 그리움을 느꼈으면
이제 남은 건 익어 가는 것

인간의 성숙에는 시간이 필요하다고 하니
성숙의 단계에 오르기 위해서는

내 마음, 네 마음의 슬픔마저도 이해하며
여전히 시간이 필요하다고 스스로 달랜다.

기다림의 시간 뒤
성숙의 열매를 거둘 때
익어 가는 건 여기까지.

갈무리 연습

사람에게 기대하는 것을 놓는 연습

가슴에 힘껏 감싸안은 욕심 내려놓는 연습

차곡차곡 쌓아 둔 미운 정 밀어 내는 연습

갖고 싶지만 불필요한 것들 버리는 연습.

존재의 의미

이 세상 모든 것에 멈춤은 없다.
끝없이 변화하고 움직이는 가운데
삶은 영위되고 지속되는 것

나의 신체 기능 모든 것이 멈춤일 때
나는 죽음이라는 것을 체험하고
세상에 멈춤을 고하겠지

살아 있는 동안 잠시의 멈춤은
누구에게나 무엇에게나
필요하겠고 또 존재하겠지

끝없이 움직이는
생명 있는 한 크게 멈추지 않는
존재감 있는 나를 오늘도 만들어야지

누구에겐가 필요한 존재가 되지 못한다는 건 슬픈 일이다.
인간의 모습을 가진 존재는 물론 자연도 마찬가지가 아닐까?

서투름과 노련함

매사에 노련함은 멋진 모습으로 보인다.
노련함에는 감탄사가 따른다.
노련함은 적당한 여유가 있어서 쫓기지 않으며

서투름은 혼자 쫓기며
서투름은 왠지 불안하다.
서투름은 때로 웃음을, 눈물을 보인다.

그러나, 일상마저 노련함을 보이며 살아가는 이 얼마나 될까?
서투름의 시행착오는 결국 노련함으로 가는 길
우리의 일상이 더해져 삶 자체에서 노련함이란 어떤 의미일까?
서두르지 않고 쫓기지 않는 여유
다가올 현상을 미리 읽어 보는 시각
약자에게 베풀어 주는 마음

그러나, 오늘도 서투름을 버리지 못하고
하루를 보내 버렸네
내일은 좀 더 노련한 시간으로 채우고
일상을 만들 준비를 해 봐야지.

늦은 깨우침

지금 알았는데
이제야 알 것 같은데 그 대상은 사라지고 없다.
얼마나 안타까운 일인지

하물며 사람과의 관계에서 상대가 내 곁을 떠나가고 없을 때
알아차림은 얼마나 가슴을 아프게 하는지

수시로 질문하고 답을 찾아 헤매는 삶인데도
왜 어찌 늦은 깨우침이 올까?

늦은 깨우침이라도
두 번 다시 안타까운 이런 상황이 없기를

그대는 떠나가고 아쉬움만 남은 이곳
먼지 덩이 같은 미련만 쌓여 가네.

혼자인 시간

타인의 시선을 의식하지 않는 삶
자유롭다.
그러나 외롭다.

사색 가운데 피어나는
향기로운 침묵
오롯이 내 안의 감성을 깨우는 시간

시야가 넓어진다.
잠시 모든 관계를 끊어 내고
자연에 눈을 돌려 가벼워진 심신이 되어 가는 시간.

마른 꽃, 사라진 향기

날아가 버린 향기 없는 마른 꽃잎
향기 때문에 흩어진 꽃잎을 모아
작은 유리컵에 담아 놓았건만
향기는 사라지고
구겨진 모습만 남아 있네.

생사

생명 있는 모든 것은 아프다.
삶이 지속되고 생명이 있는 한 끝은 없다.

절망과 고뇌가 깊어져
끝인 것만 같아도
또 다른 시작은 늘 함께하는 것

삶이라는 것은 순간순간 많이 보고
체험하게 되는 것이라는 것을

생명 있는 한 끝은 없다.
시작이 기다릴 뿐이다.

사람, 삶

사람 속에서 살아가고 있는 삶이
사람 때문에 힘들구나

죽을 날이 머지않았다고
죽음이 언제 올지 모르는 삶이라고 생각하면

미움이나 탐욕 따위의 감정이
얼마나 부질없는 소모인지

이 순간 찰나에 젖어 드는
악취 나는 감정의 소모에 휘말리는 건 아닌데

죽어서도 버리지 못할 것이 무엇인가?
가슴 저 깊은 곳에서부터 차오르는 감정의 소용돌이
비워 내야지.

해탈의 염원

그 어느 것에도
머무름 없는

그 무엇에도
집착하지 않는

온전히 자유로운 영혼과
몸이 하나 되는 순간이 오면

진정 숨을 놓아도 좋을 것만 같아.

소나기 1

행복에 목마른 이
잠시 후 그칠지라도
소나기 같은 행복이면 어쩌랴

잠시나마 느낄 수 있다면
그것이 지나가는 길에서
그치고 말지라도

진정 세차게 내리치는
소나기 같은 행복을
잠시라도 느껴 보길.

소나기 2

내 인생에도 어느
한때 세차게 쏟아지던
소나기 같은 사랑이 있었다.

행운처럼 내 몸과 마음을
촉촉이 적시고는
이내 그쳐 버린 소나기 사랑이

그러나
무뎌지고 지친 내 몸과 마음은
그 시간의 소나기 사랑을 잊지 않고
버틴다.

여행자의 자세

영원불변 없는 이 세상
내가 태어나서 잠시 행복 찾아 헤맨 자리

내 손안에 들어온 모든 것
내 것인 양 내 맘대로

어느 것 하나 진정 나의 소유가 없는데
이 세상의 모든 것 잠시 내게 자리 내어 줄 뿐
나는 잠시 빌려 쓰다 떠나갈 존재

나의 자리를 대신하는 그 누구
힘들어하지 않게 무엇이나 아끼고 훼손하지 않기를
내 맘도 몸도 가볍게 거닐다 떠나기를
진정 이 지구에 잠시 머문 여행자의 자세 잃지 않기를.

여행

여행은 새로운 것을 찾아 나서는 것이 아니라
새로운 눈과 마음을 갖게 되는 것이라 했던가?
여행은 나에게 휴식이다.
편안함이며 즐거움이다.
여행은 나에게 풍요로움을 선사한다.
그리고 충만함으로 행복한 세상을 만들어 준다.
여행이 내게 새로운 세상을 보는 눈과
마음을 읽을 수 있는 눈을
온전한 나를 만들어 주기를 오늘도 기대하며
여행을 계획하고 그려 본다.

강렬한 폭포, 에메랄드빛 호수, 위대한 자연

약 한 달여 만에 노트북을 켰다.

캐나다 여행을 앞두고 이것저것 준비로 바빴고, 그렇게 준비한 10박 12일의 여행을 마치고 어제 새벽 2시쯤 귀가해서 우리 부부는 캐리어 정리를 간단히 마치고 내 나라의 부드러운 물결을 느끼며 샤워를 끝내고 잠자리에 들었다.

우리에게 시차 적응 같은 것은 문제가 아니다.

다만 이동 거리가 많음에 약간 지쳐 있을 뿐….

오랜 추억으로 떠올리며 가물거리는 기억이 되기 전에 여행지에서의 생생했던 장면들을 떠올려 본다.

도로 위를 달리는 버스 안에서 이어지는 건, 황량한 바위산의 로키산맥뿐.

기대했던 캐나다의 정취는 구경할 수 없는 실망감이 큰 여행의 시작과는 다르게, 좀 더 깊숙하게 숲속으로 들어가면 여지없이 나오는 것이 있었다.

거울처럼 맑고 아름다운 빛깔을 자랑하는 많은 호수는 그야말로 넓은 캐나다의 대지를 풍요롭고 아름답게 만드는 것 같았다. 그렇게 나의 눈과 맘을 사로잡는 각각의 호수는 저마다의 모습과 색깔로 많은 사람의 발길을 멈추게 하며 드넓은 호수가 이어지는 주변을 거닐다 보면 시름도 잠기는 듯한 평화로움과 행복함이 슬렁슬렁 생기는 것이 신비로웠다.

유람선에서는 눈에 들어온 한 여인이 있었다.

주변을 배려하고 챙기는 예쁜 마음과 예쁜 얼굴을 가진 그녀는 내게 보여 준 작은 친절로 나의 마음에 이미 들어와 있었다.

캐나다 여행 일정 내내 함께 밥을 먹으며 틈나는 대로 소소한 대화도 나누었다.

일정상 함께 많은 시간을 나눌 수 없음도 아쉬워하며, 그녀의 요청대로 함께 찍은 사진이 추억을 말해 주는 것처럼 보인다.

적은 시간에 나눈 대화 가운데서도 그녀의 겸손하고 진심 어린 마음을 여러 차례 느낄 수 있었다.

그런 가운데 황량한 캐나다 서부의 도로를 벗어나 동부에 들어서면서부터 예쁘게 물든 자작나무의 군락이 줄지어서 가을의 정취를 보인다.

때마침 차창 밖으로 내리는 빗줄기와 흑인 운전기사가 선택한 음악적 취향이 우리의 트로트와 비슷하다. 먼 이국땅에서 듣는 트로트의 경음악이 새삼, 물들어 가는 단풍잎과 비와 어우러져 가슴에 와닿는다. 가이드와 몇몇 사람들은 거부감을 표시했지만, 난 나름 그것도 좋았다. 기나긴 호수를 끼고 메이플 로드를 버스 안에서 한껏 구경하면서 지루할 틈 없이 아름다운 주변 경관에 마음이 빠져든다. 감사함이 절로 생겨난다.

서부에서의 핵심은 역시나 나이아가라 폭포였다.

밤늦게 호텔에 도착하여 방을 배정받고 방 안에 들어서자마자 나이아가라 폭포의 신비로운 야경에 우리 부부는 한동안 아무것도 하지 못하고 감탄사를 연발하며 시선을 묶고 그렇게 있었다.

그리고 아침에 눈을 떴을 때는 더욱 신비로운 광경에 꿈과 현실을 오가고 있는 듯한 착각이 들 만큼 황홀한 장면을 목격했다.
거대한 나이아가라의 폭포와 붉은 태양 빛이 물들며 떠오르는 일출 장면은 보고서도 표현이 부족함을 느낀다.
일출 장면을 보고자 잠을 포기하고 찾아 나선 곳에서 추위와 싸우며 기다림을 인내했지만, 정작 구름에 가려진 태양 때문에 아쉬워하며 돌아서야 했던 지난날의 아쉬움도 모두 떨쳐 내는 순간이 되었다. 더구나 따뜻하고 편안한 침대에서 예상하지 못한 뜻밖의 행운처럼 내게 보여 준 그 장면에 나는 더없이 행복했다.
모두에게 감사하지 않을 수 없는 순간이었다.

헬기에서 바라본 나이아가라 폭포의 일대가 그림처럼 아름다웠다면, 모터보트를 타고 나이아가라의 물소리와 폭포수를 직접 몸으로 맞고 온몸으로 물과 씨름하며 소리 지르고 사나운 폭포의 물살에 젖지 않으려 발을 올리며 아우성쳤던 직접적인 체험은 힘들었으나 재미있고 독특했다.
유람선에서 느꼈던 우스꽝스럽고 신비로운 체험과는 또 다른 묘미가 있었다.
언제 내가 이런 체험을 또 해 볼까 싶어 선택한 조금은 과감했던 선택에 대한 결과는 나름 괜찮았다.

로키산맥의 장엄하지만 삭막하게 느껴지는 바위산과 부유하고 자원이 많은 선진국의 면모와는 다르게 비효율적이고 친절하지 못한 일 처리 능력 등은 좋은 여행에서 부정적인 느낌으로 남아 있다.

숨 쉬는 자연 속에서

자연 그대로의 모습.

푸르른 대지 위에 알록달록 피어난 야생화.

알프스의 영봉이라 불리는 융프라우의 녹지 않는 만년설.

얼음 동굴의 신비로움.

명확한 구분이 어려운 하얀 구름과 안개 그리고 비.

에메랄드빛 호수와 푸른 초원이 하나가 되는 곳.

그곳에 내가 있었다.

스위스 산들의 여왕이라 부르는 리기산의 요염한 자태.

쉽게 모두를 보이지 않는다.

알프스산맥을 휘감은 하얀 눈.

저 멀리 있지만 내 손안에 들어올 것처럼 가까이 황홀한 마터호른이 시시각각의 모습으로 보인다.

호수에 일렁이는 바람으로 마터호른을 품지 못한다.

장엄한 자연에 나는 감탄과 환호만 연속이다.

알프스 소녀 하이디가 누군가?

작은 가방을 등에 메고 챙 넓은 모자로 얼굴을 가리고 운동화를 신고 들꽃 피어 있는 길 위에서 저 황홀한 마터호른을 바라보며 하이킹에 여념 없는 내가 이 순간만큼은 알프스 소녀 하이디.

지구의 온난화가 가속되면서 빙하는 계속 녹아내리고 이렇듯 아름다운 자연 경관 또한 사라지고 있다 하니 마음이 무겁다.

아끼고 싶은 곳, 머물고 싶은 곳에 서둘러 다녀온 것이 다행이다.

코로나 시국에서도 잠시 안정된 세상에서 스위스 여행은 내게 선물이었으며 휴식이고 감사다.

여행을 마치고 한국에 돌아오자마자 느껴지는 더위와 습한 기운에 몸이 힘겹다.

코로나로 인해 공항 리무진 운행이 감소하면서 광주행 버스를 1시간 반 정도 기다려야 하는 상황이다. 공항 대기실에서 앉아 지난 며칠의 여행을 잠시 떠올려 본다.

여행지에서 만난 많은 사람들의 사는 모습은 다른 듯 공통점이 있었다.

한결같이 다수의 여행을 즐기며 많은 여행지를 방문한 사람도 적지 않았으며 다음의 여행지를 고심하는 그야말로 삶의 우선순위에 여행이 빠지지 않는 사람도 있었다.

또한, 여행을 좋아하고 아내와 함께하는 남자들은 여지없이 애처가의 모습을 확연히 보인다.

어디에서나 남자는 여자의 손을 꼭 붙잡고, 무거운 가방은 남자의 등에 메고 여자는 가벼운 크로스 가방 하나 정도.

나이 많은 남자는 안경을 머리 위에 올리고 캐리어를 열어서 여자를 위한 물건을 찾아서 불편함이 없도록 해 주고, 사진사가 되어 아내의 모습을 담느라 여념이 없다.

아내를 배려하고 아끼는 모습을 수없이 보인다.

이번 여행은 역시나 부부 커플이 가장 많았고 모녀 2팀, 모자 2팀 그리고 싱글도.

먼 여행지에서 힘든 상황을 이겨 내기 위해서는 역시 부부의 모습이 가장 안정되어 보인다. 이번 여행에서는 본의 아니게 빚을 지게 된 사람들이 있었다.

작은 답례의 선물로 내가 쓴 책 한 권을 소포로 보냈다.

답례의 메시지는 나에게 힘과 용기와 뿌듯함마저 선물했다.

사람들로부터 끝없이 받게 되는 선물이 나를 행복하게 만든다.

내 마음속의 색을 찾아

 찬란한 태양도, 강렬한 태양도 구름과 비에는 속수무책.

 비 내리는 날의 여행자가 되어 버린 날.

 이토록 순간의 자연 현상에 발이 묶이고 불편한 시간을 체험하면서 푸른 하늘과 태양과 잔잔한 바람이 공존하는 세상에 내가 있다는 사실과 순간순간의 행복이 얼마나 소중한지….

 더함 없이 지금 이만함에 늘 감사하는 마음이다.

 한줄기 비가 내리고 태양은 더욱 눈부시게 빛을 발한다.

 푸른 초원이 끝없는 지평선을 이루는 광활한 자연이 준 선물, 토실하게 살찐 양과 소들이 풀밭 위에서 마음껏 노니는 모습에 나마저 여유가 생겨나는 평화로움이 절로 생긴다.

 내가 유럽 여행을 좋아하는 이유 중 하나가 바로 이렇게 눈이 정화되고 마음에 여유가 생겨나는 풍경 때문이다.

 내 마음속의 색을 찾아가는 여정.

 샤갈, 고흐, 모네, 르누아르 등의 그림과 발자취를 더듬었다.

 여고 시절, 한때 흠모했던 천재 화가 고흐의 발자취를 찾을 때는 역시 마음 한구석 찌릿한 아픔이 느껴졌다.

 재능과 작품성을 떠나 인간이란 운을 잘 타고나는 것이 얼마나 중요한지 다시 한번 실감하기도 했다.

 빛의 변화에 초점을 두고, 시골의 아름다움을 화폭에 담아내던 후기 인상파 화가의 대표 클로드 모네의 그림을 가까이서 감상할 때는 내 마음속에서 사랑하는 님을 만난 듯이 가슴이 뛰고 설렜다.

그들이 사랑하고 삶을 이어 나갔던 프랑스의 시골, 이곳저곳 자체가 그림이었다.
명화를 감상하는 눈이 호강에 겨워 자꾸 깜박거린다.

대자연과 오르세 미술관을 오가며 그야말로 예술의 늪에 빠졌다가 간신히 삶의 현장으로 돌아왔다.

얼마간은 내 가슴속에 머물렀던 예술혼으로 채색된 색깔들을 다시 꺼내며 아름다움을 그리고 살아갈 수 있으리라.

자연과 예술과 책 속의 명언을 통해 나의 내면을 들여다보고 다독이는 시간, 행복한 내 삶의 한때가 분명하다.

바다와 하나 되다

해외여행을 시작하면서 손가락으로 꼽을 만큼 가 보고 싶던 곳이지만 여러 가지 이유로 언제인가부터 마음 한구석에 밀려나 있던 곳.

무더위가 한창일 때 지구의 북쪽, 북유럽 4개국 여행을 시작했다.

덴마크를 거쳐 피오르가 아름다운 노르웨이.
크루즈를 타고 반나절도 넘는 시간을 거쳐 백야 현상으로 밤 8시가 넘어도 일몰을 보이지 않았다.
나른함이 미세하게 흔들리는 침대 위에서 수면을 유도했다.
흐린 날씨 탓으로 일출도 놓쳐 버린 것이 아쉬웠다.

선내에서 조식을 마치고 드디어 노르웨이 오슬로에 도착했다.
뭉크의 「절규」를 비롯한 청동으로 제작된 로댕의 「생각하는 사람」 작품과 다양한 작품들을 보고 감탄하며 시간 가는 줄 모르고 보냈다.
또한 미처 잘 알지 못했던 비겔란 조각공원에서는 하나하나의 조각들이 인간 군상의 희로애락의 섬세함을 표현함이, 모두 진한 메시지를 보여 주는 것처럼 보였다.
팔월의 한더위 기간임에도 바다를 끼고 있어서인지 찬 바람이 느껴지고 햇살은 뜨거워 모자와 스카프로 보온과 자외선 차단에 신경을 많이 썼다.

다음 날, 달스니바 전망대에 오르며 유람선을 타고 가장 아름다운 피오르로 손꼽히는 게이랑에르 피오르를 보고, 스카이 리프트에 탑승하여 노르드 피오르의 전경을 감상했다.

요스테달 빙원의 푸른 빙하와 빙하 박물관을 거치는 동안 눈에 들어오는 수없이 많은 폭포와 절벽과 바다와 산, 호수들을 보며 안구 정화가 확실히 되는 것 같다는 생각은 생각만이 아닌 몸이 보낸 신호다.

다음 날, 세계 최장의 길이를 자랑하는 송네 피오르 구간을 플롬 산악 열차를 타고 그림같이 아름다운 계곡 마을의 정취를 보고, 중간에 정차하는 시간엔 정말로 계곡 위에서 빨간 옷을 입고 아름다운 노래와 춤을 추는 요정으로 추정되는 것을 보며 박수갈채를 보냈다.

모두 기억할 수 없는 많은 피오르를 거치며 질리도록 봤다는 생각이 든다는 짝꿍의 말 속에서 자연으로 둘러싸인 노르웨이에 잠시나마 내가 있었다는 사실에 순간 감사함도 묻어났다.

역시나 노르웨이의 연어는 가는 곳마다 만날 수 있어서 먹을 수 있는 만큼 열심히 먹었던 기억.

스웨덴의 스톡홀름.

북유럽의 베네치아라 불린다는 스톡홀름 시내 관광을 마치고 드디어 노벨상 시상식 연회가 열리는 시 청사 내부를 볼 때는 내가 그곳의 주인공이 되어 상상의 날개 속에서 환희를 맛보았다.

노벨 기념관 또한 노벨의 정신을 되새겨 보고 인류에 공헌한 많은 사람에게 새삼 경의를 표하고 싶은 마음이 생겨나는 건 또 무언가?

스웨덴 왕실의 전함 바사호를 기념하는 박물관에선 어마어마한 규모의 실물 바사호를 보고 '그 시절에 저런 배라니~' 하는 생각.

그곳에서 깃털로 제작된 제법 값비싼 펜 하나가 맘에 들어 갖고 싶어 하는 내게 그는 망설임 없이 구매하여 안겨 주었다.

노벨이 탄생한 나라답게 최초로 발명되었다는 여러 종류의 물건들이 많은 것도 시사할 만했다.

더불어 스웨덴의 정신이 담긴 기념품 몇 가지를 함께 구매해서 주변 지인에게 줄 생각에 기뻤다.

또다시 크루즈에 탑승하여 헬싱키로 향했다.

드디어 실자라인에서는 일출을 볼 수 있었다.

차가운 바람과 싸워 가며 날아가는 모자를 붙잡고 시린 손을 녹여 가며 시시각각 바다 위에서 떠오르는 태양을 놓치지 않으려 카메라 버튼을 열심히 눌렀다.

일출의 장엄함을 확인하는 순간만큼은 그 무엇도 생각나지 않았다.

일정을 마무리하고 다시 크루즈.

여느 호텔보다 크루즈에서 숙면을 취할 수 있던 내가 신기했다.

드디어 헬싱키.

핀란드에선 간단한 관광이 이루어졌다.

세계적인 작곡가 시벨리우스를 기념하는 공원을 둘러보고 카페에 들러 몸도 녹일 겸, 커피 한 잔과 소시지를 구입하여 자작나무 장작에 구워 먹는 체험도 해 봤다.

바위 속의 암석 교회에선 종교를 떠나 두 손 모으고 기도를 했다.

명물로 꼽힌다는 마켓 광장을 둘러보는 사이에도 찬 바람은 여지 없이 불어 대서 상당히 추운 시간을 보냈다.

핀란드 사람들이 애용하는 자일리톨을 구매해 왔다.

터키를 경유하는 노선을 이용한 항공으로 두 번의 비행기를 타면 여행은 끝이 난다.

이번 여행은 확실히 편안함으로 이루어졌다.

두말할 필요 없는 값비싼 좌석을 선택한 탓에.

그러나, 나는 이코노미 좌석의 불편함을 감수하면서도 한 번이라도 더 해외여행을 가고 싶은 생각이다.

제7장

일상의 보자기

천상의 소리, 세상의 소리

세상에 태어나서 이토록 아름다운 선율의 음악들을 듣고 영혼의 깊은 샘물을 적시듯 가슴이 절절하고 눈물이 나고 머리가 개운해지며 눈이 감겨 오는 평온의 순간을 맛볼 수 있다는 것이 얼마나 감사한 일인지 모르겠다.

귀를 통해서 들려오는 아름다운 선율을 듣고 말기에는 너무나 아쉬움이 남는다.

어떤 이는 어쩌다 이토록 아름다운 음악을 작곡하고 연주할 수 있는 능력을 안고 태어났을까?

천상에서 잠시 내려와 인간을 위해 만든 것이 아름다운 음악 소리인가?

한 음, 한 음에 나의 세포가 살아 움직이는 이 느낌.

질리지 않는 포만감.

내 영역 밖에서 세상을 구원하는 사람들의 소리.

잔잔히 진하게 가슴에 와닿게 하는 아름다운 선율에 내 몸이, 내 맘이 온전히 행복의 신세계를 노닐다가 나는 다시 세상의 소리에 귀를 기울이고 소음에 맘을 다치는 시간으로 뛰어나간다.

아침 풍경

출근이 아닌 운동을 하기 위해 일찍 나선 아침, 버스를 타고 다니다 보면 똑같은 시간에 만나는 사람들이 더러 있다.

무표정에 덜 말린 긴 머리의 여자, 찌든 주름에 허름한 옷차림의 늙은 남자, 나와 비슷한 운동복 차림의 젊은 남자와 여자.

자리 하나를 잡고 앉아 창밖과 버스 안의 사람들의 면면을 살피기도 하고 라디오에서 흘러나오는 음악에 귀 기울여 보기도 한다.

DJ의 다정하고 조용한 음성이 들린다.

우리의 숨 쉬는 소리에 관해서 얘기한다.

숨소리야말로 이 세상에서 가장 귀하고 숭고한 소리라고 그녀는 말한다.

귀가 쫑긋하며 관심 가지고 들어 본다.

내려야 할 곳이 머지않았다.

그사이 맨 앞쪽에 앉아 있던 학생인 듯 아닌 듯한 젊은 여인은 손잡이 기둥을 베개 삼아 잠이 들었는지 고개를 가누지 못하고, 손잡이 기둥을 벗어나 이리저리 비틀거리는 모습이 짠하게 보인다.

내릴 곳을 놓치지 않기를 바라면서 나는 버스에서 내려 구장을 향해 걸음을 재촉한다.

편의점 앞에는 꽤 많은 젊은 남자들과 중년의 남자들이 라면과 김밥, 빵과 우유를 사서 먹는 모습이 보인다.

집에서 아침 식사도 하지 못하고, 등교와 출근을 해야 하는 그들의 모습 또한 내 눈엔 왠지 짠하게 보인다.

삶의 한복판에서 전쟁을 준비하고 있는 것처럼 보인다.

각자 이유가 있겠으나, 식사라도 편히 앉아 제대로 할 수 있는 환경 여건이 이루어지지 않아서 저리 길에서 끼니를 해결해야 한다는 생각에, 삶의 여유를 주고 싶은 마음이 간절하다.

아직 편의점에서 식사 대용의 어떤 음식도 사서 먹어 보지 않은 내가 순간에 몇 번 느꼈던 아침 풍경의 모습이라고 단언하는 것이 옳지 않을 수도 있다.

그러나, 가족의 따뜻한 손길로 준비한 식사를 하고 각자의 일터와 학교로 갈 수 있는 사람이 많았으면 좋겠다.

내가 생각하는 행복한 아침 풍경은 혼자가 아닌 함께 정을 나누는 모습이다.

불편한 대우

70대의 제법 지쳐 보이는 등산복 차림의 남자는 60대의 멀쩡해 보이는 내게 자리를 양보한다.

처음에 자리에서 일어나 "이곳에 앉으세요." 하며 내게 자리를 권한다.

나는 그분이 하차하는 걸로 생각하고 주저 없이 그 자리에 앉았다.

그러나 그분은 버스에서 좀처럼 내리지 않았다.

양쪽 손잡이를 꼭 붙잡고 계속 서 있는 모습을 보게 되어, 미안하고 겸연쩍어하는 나의 행동에 전혀 그럴 것 없다며 일어서려는 내게 손사래를 친다.

증심사에서부터 앉아 왔으니 다른 사람이 편하게 앉아 가도록 본인이 서서 가는 것은 당연하다며 서로 양보하며 살아가는 것이 세상 살아가는 맛 아니냐며 말한다.

"그래도 연장자이신데…." 하며 내가 난처함을 표하자 이제 두 정거장만 가면 내린다고 편히 생각하라고 하는데도 나는 그 자리가 편하지만은 않았다.

앞에 앉아 가던 지인은 "선생님이 연약해 보이니까 남자로서 자리를 양보하지 않았을까요?"라며 말한다.

내가 생각하기엔 그것이 아닌 것 같았다.

그분의 허름한 외모와 약간 지쳐 보이는 모습과는 다르게 반짝이는 눈과 입매에서 느껴지는 편안함이 나보다는 타인을 먼저 생각하고 배려하는 것이 몸에 밴 것이 틀림없다고 나는 생각하면서, 난 생처음 버스에서 자리 양보를 받은 오늘을 한참 동안 잊지 못할 것 같다.

好不好

나의 아침을 여는 클래식 음악 방송
때로는 잔잔히 때로는 경쾌하게
때로는 부드럽게 때로는 감미롭게
그렇게 음악 소리와 함께 요리하는 손이 바쁘다.

주방의 작은 창 너머로
유난히 푸른 하늘과 흰 구름마저 내 눈을
호강시키면 가슴에서는
행복감이 밀려오는 소리가 들린다.

그러나 더러는 아름다운 음악 소리마저
더는 음악이 아닌 소음일 때도 있다.
내가 사랑하고 흠모하는 음악과 음악가지만
그 소리가 소음으로 느껴질 때는
무언가 나와 맞지 않는 것이 분명 있다.

이렇듯 이 세상의 아름다운 것마저
가슴으로 받아들이지 못하는 순간순간의 삶인데
이 세상살이에서 만나는 수많은 인연이
모두 나의 감정을 사랑으로 물들이고
나를 성장시킬 수 없다는 사실을 받아들인 시간이다.

황실 찻잔

지난겨울. 크리스마스를 얼마 앞두고 친구와 쇼핑을 했다.

이곳저곳을 둘러보다 주방용품 판매대에서 우리는 동시에 시선을 사로잡는 물건을 보았다.

시기적으로 겨울인 데다 크리스마스를 앞두고 있어서인지 관련된 그릇이 많이 전시되어 있었다.

친구는 자녀들과 다과를 준비할 수 있는 빨강과 초록이 배합된 호랑가시나무 모양의 접시를 선택했고, 나는 붉은 열매와 초록 잎에 골드 빛 노엘 글씨가 새겨져 있으며 또한 손잡이까지 금색으로 마감된 머그잔을 선택하여 집으로 왔다.

머그잔을 세척하여 식탁 한쪽에 올려놓으니, 컵 하나로 전체적인 분위기가 좋아질 뿐만 아니라 내 기분도 함께 좋아진다.

방문하는 사람마다 컵이 예쁘다고 말한다.

돈 만 원도 안 되는 것이지만, 모두의 눈에 예뻐 보이는데 나는 오죽하랴?

이렇게 사소한 행복이 주부로서 누리는 특권인 것만 같다.

따뜻한 감성이 함께한 컵을 들고 차를 마시는 순간이 평화롭고 그냥 식탁 한쪽에 놓여 있는 것을 보고도 풍요롭고 분위기를 환하게 만들어 주는 것 같아 볼 때마다 행복했다.

그러다가 봄이 되고 여름을 맞이할 준비를 하다 보니, 그렇게 예뻐 보이던 컵이 자리 이동을 해야 할 것만 같다.

그것을 대신할 다른 것을 알아보다가 여러 종류의 고급지고 예쁜 컵을 많이 보았다.

주로 유럽에서 생산된 것들이 독특하고 예쁠 뿐만 아니라 내가 찾고자 하는 용도의 범위를 갖추고 있는 것이 많았다.

하지만, 굳이 수입품일 필요가 있을까 하면서 국내 생산으로 예쁘면서 고급스러운 것을 찾다가 드디어 하나 맘에 드는 것을 발견했다.

가격도 제법 나가지만 수입품에 비하면 저렴한데도 구입하기까지 많이 망설이다 어렵게 결정하여 구매한 머그잔이 오늘 내 손으로 왔다.

깨끗이 세척을 하고, 닦아서 각각 쓰임새 있는 곳에 올려 두니, 빛이 난다.

이름하여 황실 찻잔이라고 한다.

그이가 퇴근하고 선을 보였다. 나의 것은 없느냐고 묻는다.

황제 폐하의 것 없이 어찌 내 것만 구매하였을까 하면서, "당신은 황제 폐하이고, 나는 황후이니 이 컵 들고 황실 사람답게 고귀하고 아름답게 삽시다."

나는 진심 담아 말했고, 그이도 동의하는 눈빛으로 고개를 끄덕였다.

이렇게 생활 속에서 작은 이벤트로 또 다른 재미를 느끼며 사는 거지~

필요한 것과 불필요한 것

필요한 것이 무엇인가?
불필요한 것이 무엇인가?

필요한 것이 아니면, 모두 불필요한 것이 되어 버릴 수 있다는
사실이 새삼 무섭게 느껴지는 시간이다.

유형과 무형 사이에서도 수많은 필요성과 불필요성 사이에서
갈등하고 버림과 취함을 과감히 받아들이는 냉철한 이성.

때로는 필요하거나 필요하지 않아도 적당한 거리와 지켜보는
여유와 감성이 함께할 수는 없는지.

산산이 조각난 아침

 어젯밤부터 본격적인 장마가 시작되었다.

 새벽 3시쯤 바람 소리에 뭔가 흔들리는 소리, 세차게 내리는 빗줄기 소리에 눈을 뜨고 일어나 집 안 곳곳을 살펴보고 창문을 굳게 닫고, 다시 침대에 들어서 잠을 청해 보지만, 쉽게 잠들지 못하다가 아침 6시 30분에 잠자리에서 나와 아침을 준비하고 있었다.

 집 안에 퍼져 있는 습하고 눅눅한 기운이 느껴졌다.

 잠시 내리던 비도 그치고 시원한 바람을 느껴 보고자 창문을 열었다.

 밤늦게 배송된 달걀과 인터넷 쇼핑몰에서 주문한 상품이 새벽에 배송되어 있어서 현관문을 열고 나가 배송된 식품들을 가져다 정리를 하고 여느 아침처럼 분주히 음식 하나하나를 그릇에 담아내고 있을 때, 갑자기 뭔가 묵직한 물건이 선풍기와 함께 위에서 떨어지는 소리처럼 들리는데, 와장창하며 굉음을 내고 조용한 아침을 무섭게 만들어 버린다.

 깜짝 놀라 이 방 저 방을 살피다 안방 문을 열어 본 순간, 내 눈과 가슴은 이미 흔들리는 바람의 종이 같았다.

 20년 가깝게 사용하던 화장대 거울을 교체한 지 얼마 되지 않았는데, 묵중한 화장대 거울은 바닥에서 찬란히 산산조각이 되어 흩어져 있고 깨어진 파편이 여기저기서 빛을 내며 어지럽게 보인다. 화장대에 놓여 있던 나의 최애장품인 향수는 목이 부러져 향기를 내뿜고, 탁상용 선풍기는 이곳저곳의 레버들이 빠져서 뒹굴고 있다.

조용하고 바쁜 이 아침에 어찌할 수 없는 상황을 잠시 진정하고 문을 닫았다.

그리고 식사 준비를 마치고 식탁에 올린 잠시 후 그이가 돌아왔다.

상황 설명을 대충 들은 그이는 안방 문을 열어 보고는 청소기를 준비했다.

식사를 마치고 정리정돈을 하자는 나의 말을 무시하고는 계속 나를 힘들게 하는 언동을 이어 나갔다.

파편들을 치우면서 마스크를 쓰고 장갑을 끼고, 슬리퍼를 신고 안경까지 착용해야 할 것 같다며, 복잡한 내 마음과 더불어 더 복잡하고 바쁜 상황으로 몰아가고 있었다.

그 짧은 시간 동안 나는 식사도 하지 못하고 대량의 종량제 봉투를 구입해서 그이에게 가져다주기도 하고, 지난 신문을 바닥에 깔고 비닐봉지를 대령하기도 해 가면서 깨어진 거울 조각을 주워 담기도 하면서 커다란 거울 프레임을 어떻게 처리해야 할 것인지를 생각했다. 그이는 무조건 버릴 것을 주장했지만, 나는 멀쩡할 뿐만 아니라 버리기 애매한 프레임을 재활용하자는 의견을 냈다가 그이에게 호되게 말로 얻어맞았다.

그리고는 비가 그친 지금, 거울집으로 가자며 나는 그이와 함께 깨어진 기울을 천으로 덮어 무거운 거울의 틀을 붙잡고 거울집 탁자로 운반을 했다. 전문적으로 다루시는 분들이니 뭔가 쉽게 처리도 가능할 것 같고, 재활용할 수 있다면 더할 나위 없이 좋을 것 같다는 생각으로.

때마침 그곳 사장님은 부재중.

얼마 후 통화를 하여 본 결론은 깨어진 조각들을 빼내고 거울을 틀에 맞춰 제작해 주신다니 감사한 마음이 들었다.

조용하고 평화로웠던 아침 시간이 산산이 조각난 아침이었다.

그 짧은 시간에 나는 왜 이런 일이 생겼나를 생각하며 불길한 징조가 아니길 얼마나 마음속으로 빌었는지 모른다.

그 파장은 저녁까지 이어졌다. 하루의 시간이 엉키고, 계속 군데군데 반짝이는 파편들을 치우고 하면서 몸과 마음 모두가 힘들게 지나갔다.

꽃과 향기가 있는 곳

양림동 제과점에 호밀 캉파뉴를 구매하러 가는 날
비슷한 나이와 닮은꼴 젊은 아가씨 몇이서
나를 반긴다.
그녀들을 볼 때마다
만개한 꽃송이를 보는 듯하다.
미소가 활짝 피어난
그녀들의 친절과 웃음이
나를 웃게 한다.
그녀들의 미소는
분명 활짝 핀 꽃이며
그녀들의 친절은
기분을 좋게 만드는 향기다.

자판기 커피 한 잔의 행복

내가 가장 많은 자판기 커피를 마셔야만 할 때가 있었다.

학교에서 강의 도중 학생들이 시나브로 건네준 커피를 고맙다며 홀짝홀짝 마셨다.

그러다가 어느 날은 카페인 과다로 손 떨림 증상이 심하게 나타날 때도 있었다.

벌써 30년도 넘은 그때.

학생들의 소박한 정성이 고마워서, 그냥 버릴 수가 없어서 자판기에서 나온 종이컵에 담긴 달콤한 믹스커피를 한두 모금씩 마시는 것은 그냥 일상의 한 부분이었다.

지금이야 커피숍도 많고 고급스럽고 다양한 커피도 많지만, 그때는 자판기 커피가 일반 대중에겐 친숙하고 여유를 주는 하나의 수단이 되기도 했던 것 같다.

길을 가다가도 누군가를 기다리다가도 대화를 할 때도 찾게 되는 것이 자판기 커피였다.

김이 모락모락 나는 종이컵을 들고 그 안에 든 몇 모금의 커피를 혀끝으로 음미하면서 노동자들은 힘들고 지친 몸을 잠시 내려놓고, 생각 많은 누군가는 향기와 달콤함에 잠시 생각을 미루는 시간이 되는 것이다.

이렇게 사연 많고, 손과 입으로 쉽게 들어올 수 있는 인스턴트커피와 자판기 커피를 그저 부러운 눈으로 보기만 할 뿐, 가까이하지 못할 때가 있었다.

한창 몸이 아파서 힘든 시간을 보내던 때, 저 멀리서 옹기종기 모여 자판기에서 나온 종이컵을 들고 순간의 행복과 여유를 함께 마시듯 길게 숨을 내쉬는 사람들의 손에 든 커피 한잔이 내겐 부러움 그 자체였다.

　이른 아침 차가운 공기를, 손에 쥔 따뜻한 한 잔의 커피로 따스한 시간을 맞이한 그들은 혼자서도 두세 명이 모여서도 그 순간만큼은 행복 가득한 미소를 지으며 각자의 하루를 준비하는 듯 보였다.
　그 풍경을 바라보는 나는 종이컵 속에 담긴 커피를 든 그들의 작은 여유가, 달콤하고 향기로운 커피 향이 그립고 한없이 부러웠다.

　나도 어서 빨리 건강한 몸이 되어, 저들처럼 작은 순간의 여유가 진정 행복임을 느끼며 살아 보고 싶다는 생각을 수없이 했던 시절이 지나고, 지금은 몸의 컨디션이 허락하는 한도에선 맘껏 커피를 즐기고 자판기에서 나온 커피도 즐길 수 있게 되었다.
　커피 한 잔으로 추억을 떠올리는 시간도 행복이다.

見物生心

생필품을 구매하여 돌아오는 아파트 길목, 제법 강한 바람이
불어 대고 있었다.

상처 입고 잔가지에 매달려 있는 붉은 동백꽃이 나의 발길을
잡는다.

활짝 피어난 붉은 잎 사이로 노란 수술을 그대로 내보이며 나를
유혹한다.

그나마 나의 발길을 붙잡은 동백꽃의 아름다움이 제일 예쁘다.
낙화한 여느 꽃들과 비교되는 모습이다.

조심스럽게 주워서 내 손바닥에 앉히고 집으로 돌아왔다.

작은 토분 단지 뚜껑을 내어 물을 넣고, 그곳에 주워 온 붉은
동백꽃을 앉혔다.

테이블 중앙에 자리를 내어 주니 조화로운 색감의 꽃놀이에 잠시
모든 시름이 물러간다.

혼자 집에서 보내는 시간에 이렇게 시름없이 예쁜 꽃과 마주하며
기쁨을 느끼는 것 또한 행복한 순간이 아닐 수 없다.

늦게 귀가한 짝꿍에게 자랑하며 보았느냐고 질문도 해 본다.

짝꿍은 손으로 만져 보고 향기도 맡아 본다.

생화인 듯 조화인 듯한 모양이다.

삼 일 정도는 싱싱함을 잃지 않고 본연의 모습을 그대로 보여
주는 것 같다.

오늘 다시 화단에서 낙화한 동백꽃 하나를 물색해서 주워 왔다.

처음 본 동백꽃의 화려함과 기쁨에 미치지 못한다.

그러나 꽃은 꽃인 것을 누가 부인할 수 있으랴?

주워 온 꽃이 시들고 다시 아파트 화단으로 갔다.

낙화한 꽃 중에 내 맘에 들어오는 것이 없다.

나는 기어이 내 맘에 드는 꽃을 골라서 내 손으로 끊어 내고 말았다.

見物生心.

보지 않았더라면 욕심도 미련도 없었을 것을, 기어이 욕심을 내어 예쁜 것을 탐하고 결국은 내 집 테이블 위에 올려놓은 동백꽃을 보며, "처음은 좋았으나 나중은 잘못했네."

인간의 욕심이란 사소한 것도, 위험할 수 있겠다는 생각을 가져 본다.

고르지 못한 수풀

어떤 이는 말한다.

대중 가운데 본인은, 고르게 깎아 놓은 수풀 가운데 삐죽하게 솟아난 풀잎 같다고.

정형화되고 규율에 얽매이며 자신을 버려야만 하는 조직 가운데서 없는 듯 그렇게 존재 가치를 드러내지 않고 살아야 하는데, 불쑥 눈에 띄는 외모와 남다른 재주가 그냥 넘겨보기엔 예사롭지 않은 지경이라는 본인의 말에 나 또한 동감이다.

그러나 그렇게 말하는 그를 내가 자세히는 모르지만, 선천적인 착한 성품과 여린 마음이 속세를 벗어난 그 어떤 조직에서도 힘이 들 수밖에는 없을 것 같다는 생각이다.

보통을 뛰어넘는 노래 실력에 흥과 끼가 가득하고 그림 솜씨 또한 뛰어난 재주꾼인 것이 사실이나, 그것이 오히려 그를 더 힘들게 살아가게 하는 걸림돌이 되는 것은 아닌가 하고 생각하게 된다.

남다르다는 것은 가치 있는 평가가 될 수 있지만, 때로는 평범함을 요구하는 시공간에서는 융화되고 희석될 수 있는 평범함이 남다른 것보다 가치 있는 대접을 받는 경우도 많다.

나 또한 때때로 그야말로 평범하게 살아가는 보통의 여인네의 삶을 동경한 적이 있었다.

평범한 삶을 살아가는, 남들과도 크게 다를 것 없는 보통 사람이

겪고 체험하면서 순탄하게 살아가는 삶이, 남다른 개성을 가지고 있는 사람에겐 부러움일 수도 있다.

남다른 개성과 재주가 잘 발휘되어 빛나는 삶을 살아 내는 특별한 사람 또한 평범한 삶을 살아가는 사람들에겐 부러움의 대상이긴 하지만….

고독한 수행자의 삶을 선택한 비구니 스님이 된 여인들에게 부처님의 자비와 지혜가 함께하길 마음속으로 기도해 본다.

거울 앞에 선 여인

문득 내 앞에 나타난 낯선 여인의 모습
주름과 휑한 머리카락 사이로 잔 서리 맞은 듯
흰머리가 제법 눈에 띈다.
축 늘어진 얼굴선이 보여 준 건 영락없는 할머니 모습이다.
두 눈을 감았다.
두 눈을 크게 뜨고 살폈다.
아! 나였구나
근데 왜 이렇게 낯설지?
피곤함에 지치고 단장하지 않은 모습
거울에서 나는
제법 단장하고 가꾸어진 나의 모습에 익숙했나 보다.
꽃 한 송이에 가슴 설레며
행복한 미소 짓던 모습은 보이지 않는다.
시들어 버린 꽃다발에 아쉬운 한숨만 남은
여인의 얼굴.

바람에 그네 타듯이

구름이 수놓은 푸르른 하늘, 무성하게 잘 자란 신록의 나무들이 바람에 그네 타듯 산들거리며 움직임을 보인다.

찬란하게 빛나는 햇살에 존재하는 모든 것이 더욱 눈부신 오월의 마지막 휴일이다.

이렇게 밝은 날에 구석에서 감춰진 채 구겨진 모습으로 내가 찾지 않은 옷가지를 살핀다.

버려야 하는 것이 분명한 것 같은데도, 아직은 애정이 남아 있어서 쓸모없는 것을 알면서도 다시 그 자리를 내어 주고 만다.

혹은 크거나 작아진 옷들도 내 몸과 환경이 항상 같은 상태를 유지할 수는 없기에 기다리듯 또다시 제자리로 간다.

하지만, 오늘처럼 가슴까지 시원하고 맑고 밝은 날에 나의 장롱도 숨 쉴 공간을 만들어 주고픈 마음에, 나에게서 떠나보낼 것이 무엇인가를 다시 한번 살핀다.

나도 옷가지들도 자유롭게 바람에 그네를 타듯이….

同病相憐

제법 여유롭게 살아가고 있는 것처럼 보이는 내 삶에서 가끔 나에게 간절히 무언가를 주고 싶어 하는 이가 있다.

그렇다고 그가 나보다 월등한 부를 누리고 있는 것이 아님에도….

어떤 사람은 내가 베풀기를 당연하게 여기기도 하고 기대에 못 미치면 실망스러운 음성과 태도로 나를 곤란하게 만드는 경우도 많다.

그런데 본인이 끼고 있는 보석 반지를 내 손가락에 끼워 주려 한다거나 오만 원권 지폐 두 장을 지갑에서 꺼내어 내 손안에 꼭 쥐여 주며, 저녁밥 맛나게 사서 먹고 귀가하라며 애타게 받기를 권한다.

그뿐인가? 관광지에서는 본인은 필요 없다며 아무것도 구매하지 않으면서 내가 필요한 것이 무엇일지 세심하게 살펴보며, 값비싼 물건이라도 상관없다며 내게 구매를 부추기는 일들을 나는 겪으면서 가슴이 아려 왔다. 본인이 애써 구입하고 모아 둔 물건이나 현금이 어찌 아깝지 않을 수 있겠는가?

우리 사이가 이토록 깊고 끈끈한 사이가 아님에도 이런 상황들을 만드는 것은, 내가 그녀에게 준 조그만 관심과 친절 때문이라고 생각하지만, 나는 그녀가 내게 보여 준 사랑의 정표가 사뭇 눈물 나게 고맙기도 하면서 同病相憐의 아픔마저 느끼게 된다.

받지 않아도 주고 싶어 하는 마음.

그것 하나만으로도 진심 고맙고 마음이 부르기에 나 또한 줄 수 있는 것이 무엇인가를 자꾸 생각하게 한다.

대부분의 사람은 본인보다 조금이라도 누리며 살고 있다고 생각하는 경우엔 이처럼 행동하기 쉽지 않다는 것이 나의 생각이다.

　나이가 들어 늙는다는 것은 여러 가지로 부조화가 생긴다는 것이다.

　과거 그녀의 모습에서 볼 수 없었던 천진한 모습과 욕심에서 벗어난 듯한 표정과 태도, 힘없는 늙은 여인의 모습이 보일 때마다 나는 세월 앞에서 무능해지는 인간의 굴레를 확인하는 듯하다.

　나를 위해 무언가를 주고 싶어 하는 그 마음이 뿌듯하기도 하지만 가슴 한구석에선 뭔지 모를 시림이 느껴진다.

얻을 수 있는 것

조금만 방심하면 소리 없이 채워지는 뱃살처럼
노력도 없이 얻어지는 건 모두가
허망하고 쓸데없는 것이라고

힘을 쓰고 관심을 기울여 얻어지는 건
아주 작고 보이지 않아
놓쳐 버리기 쉬운 소중한 것

불편함 없이 일상을 누리는 일
누구에겐가 웃음을 줄 수 있는 일
세상 모든 것에 관대하게 시선을 줄 수 있는 일.

힘들 때는 타인의 삶을 본다

매서운 눈보라에 하염없이 빠져드는 이 고독, 처연함, 시림, 슬픔이 함께 몰려든다.

새해가 되면서 무언지 알 수 없는 모든 것이 자꾸만 꼬이고, 어긋나면서 나는 자신감도 상실하고 행복한 내 삶이 잠깐의 무지개였나 하는 생각마저 들면서 하루하루가 무섭게 느껴진다. 내가 행복에 너무 기대며 살아온 것인가?

몇 번씩 확인을 한 일도 잘못되어 수정할 수 없는 상황이 된다거나, 나의 신체에 고통이 찾아온다거나, 사람과의 관계 속에서 쉽게 회복할 수 없는 일이 생긴다거나, 잦은 실수 등이 나이 예순을 넘기고도 피할 수 없는 현상인 것이 몹시 안타깝고 불안하다.

나는 소리 없이 소복하게 내리는 하얀 눈을 좋아한다. 지금처럼 요란하게 바람과 함께 내리는 눈보라는 너무도 삭막한 느낌이 들어 싫다.

눈 오는 풍경에 행복해하던 나는 어디로 가고, 가슴 시린 모습으로 창밖의 눈보라를 눈시울 적시며 쳐다보고 있는 것인지?

행복도 쾌감의 일종이라고 말하는 이가 있다.

지금 이 순간, 나는 쾌감의 거리와는 너무도 먼 곳에 있는 느낌이다.

가슴이 먹먹하다. 자리 이동을 해 본다. 따뜻한 기운이 거실 안에 묻어 있다. 다행이다. 닫힌 가슴을 온기로 풀어 본다. 이런 때에는 나를 잊어버리고 타인의 삶을 엿보는 것도 괜찮다는 생각에 TV를 켜서 나의 마음에 공감되는 프로를 찾아본다.

격의 차이

사람의 가치를 인격이라 말한다면 물건에도 나름의 격은 있을 것이다.

우리가 살아가고 있는 이 지구에서 수없이 마주하는 많은 것이 나름의 성질과 형태로 선택받고 버림받으면서 가치를 평가받고 있다.

사람이 사람을 만나는 과정에도 반드시 격의 차이는 있다.

우리는 격의 차이를 상대에게서 느끼게 될 때 그 사람과 거리를 두고 싶어진다.

그러나 사람과의 관계는 그렇게 쉬운 일이 아니어서 버리고 싶다고 버릴 수 있는 것도 아니고, 갖고 싶다고 취할 수 있는 것도 아닌 것이 사람과의 관계이며 인연이어서 참으로 어렵다.

외향과 내면이 모두 품위를 가진 멋진 사람이라 할지라도 그에게도 티는 있을 것이며 모든 사람이 격에 맞게 행동하기는 쉽지 않다는 것이 나의 생각이다.

하물며, 대개의 많은 사람이 격에 맞는 관계를 유지하는 것은 아니겠지만, 유독 어떤 사람들은 본인과 맞지 않는 사람들과 친구가 되어 같은 유형의 사람으로 취급당할까를 염려하면서도 관계를 끊지 못하고, 갈등을 겪으면서도 저급한 행동들을 지적해 주지도 못하고 난감한 마음과 눈빛으로 가슴앓이를 하기도 한다.

지식과 학력이 사람의 격을 만들지는 못한다. 그렇다고 배움을 무시할 수도 없다.

사람은 아는 것만큼 보게 되고 행동하는 것이기 때문에~

상대방의 생각 따위 신경도 쓰지 않으며, 자신이 하고 싶은 말과 행동을 여과 없이 드러내서 힘들게 하는 경우, 자신의 비어 있는 뭔가를 들키지 않으려고 항상 경계를 놓지 않는 사람 등….

물건도 마찬가지로 자기와 격이 맞지 않으면 겉돌게 되어 있다. 아무리 비싸거나 저렴한 것도 모두 자기와 격에 맞는 상황을 연출하고 이겨 낼 수 있을 때, 진정 그 물건으로서의 쓰임새와 가치가 인정받게 된다.

그렇지만, 물건은 맞지 않는 것을 버리거나 고쳐 사용할 수도 있고 남에게 줄 수도 있는 선택권을 가질 수 있지만, 사람과의 관계를 버린다는 것은 쉽지 않으니 힘든 것이다.

사람이든 물건이든 자고로 제자리에서 품격이 느껴지는 것이야말로 아름다운 모습 그 자체다.

공감해 준 그대, 감사했습니다

나의 말에 귀 기울여 들어 주고, 고개를 끄덕이고 가슴으로 받아들여 준 다수의 사람으로 인해 나는 행복함을 넘어 오만한 생각마저 가지게 되었는지 모른다.

어려서부터 제법 말하기를 잘했고, 자주 청중들 앞에서 돋보이는 시간을 보냈다.

결국 학생을 가르치는 직업을 선택하게 되면서부터 나의 얘기를 귀담아듣지 않는 사람이 있으면 강의 도중에도 침묵으로 산만한 환경을 간단히 해결하곤 했다.

그래서 수업 시간에는 대체로 조용한 가운데 진행이 되었고, 나의 말에 귀 기울이지 않으면 시험조차도 치르기 어렵게 했다.

지금껏 살아오면서 나이 고하를 막론하고 나의 말을 대체로 잘 들어 주고 따랐기에, 나름 자신감을 가지고 살아왔는지 모르겠다.

그러나 언제부터인가 나의 말을 듣지 않는 사람이 생겨나면서부터 그들이 특별한 사람이라는 생각이 들었다.

단지 말을 듣지 않고 나의 사고에 공감하지 않는다는 것 하나만으로 그들을 맞지 않는 사람들이라고 치부하면서 공공연히 거리를 두기도 하고 서운해하기도 하면서 그렇게 세월을 보내고 보니, 내가 얼마나 오만했던 것인지 지금 생각해 보면 너무도 부끄럽고 죄스러운 마음이다.

그러나, 한때 나의 말에 공감하고 같은 생각과 마음으로 행동까지 보여 줬던 그들.

내가 누구라고, 뭐라고….

살아오는 동안 자신감과 사랑받고 있음을 느끼면서 행복할 수 있
었던 결과물을 보여 준 그대, 감사했습니다.

따뜻한 여유

무엇에 쫓기는가?

날마다 선물처럼 내게 오는 매일은 다른 이에게도 가는데, 사람들은 하루하루를 무엇에 쫓기는지 무엇을 찾아 헤매는지 허둥지둥 보이는 것에만 신경을 쓸 뿐, 지금 내게 소중한 것이 아니거나 도움이 되지 않거나 재미를 볼 수 있는 상황이 아니면 소홀히 넘기거나 잊으며 살아가는 경우가 많은 것 같다.

과거에 서로에게 힘이 되어 주거나, 그리웠던 대상도 지금이 아니면 모두가 불필요성에 의해 무시되거나 저 깊숙한 곳에서 아스라한 기억으로, 어쩌다 생각나는 인연으로 묻어 두고 있는 경우가 많은 듯하다.

도박에 빠진 사람, 사랑에 빠진 사람, 쇼핑에 빠진 사람, 운동에 빠진 사람, 영화나 TV 등 요즈음엔 휴대폰 속의 영상과 이야기에 빠져 사람과 사람 사이의 대화가 단절되고 시선이 상대를 향하는 것을 목격하는 일이 쉽지 않다. 무엇이거나 즐기되 빠지지 않는 자기 절제가 필요한 것이다. 특별한 취미나 관심거리가 없는 것도 문제지만, 맹목적으로 무엇에나 빠져드는 것도 위험하다.

쫓기듯이 세상살이 시간 보내다 보면 그것이 무엇이든 취하는 것보다 잃어버린 것에 마음이 가게 된다. 여유를 가지고 이것저것에 관심 가지며, 자기와의 모든 인연에 소홀함 없이 마음으로 대하는 세상살이, 따뜻한 눈길로 정다운 목소리로 먼저 소식 전하고 손길 내미는 너와 내가 되고 싶다.

늘어나는 것의 두려움

아픈 곳이 늘어 간다.
약에 의존하는 시간이 늘어 간다.
이유 모르게 찾아오는 통증이 잦아진다.

근육과 탄력이 줄어
건강하고자 보조 식품의 구매가 늘어 간다.
주름살이 늘어나
예뻐지고자 화장품 구매가 늘어 간다.
주머니는 가벼워진다.

이곳저곳에 가득 쌓인 물건들이 보인다.
늘어나는 것이 넓은 마음의 이해심이라면
늘어나는 것이 넓은 마음의 사랑이라면
늘어나는 것에 대한 두려움을 떨칠 수 있을까?

다만

내가 분주히 음식을 장만하고
소탈하지만 나름으론 정성으로 식탁을 꾸민다.
나는 작은 이 일상이 늘 힘이 들어 한숨을 몇 번씩 토해 낸다.

깔끔하지도 못하면서 깔끔한 척
정리정돈을 하고 청소를 하는 일

빨랫감을 구분하고 세탁을 하며
잘 마른 세탁물을 얌전히 개어 옷장에 넣어 두는 일

화초를 돌보고 물을 주고 거름을 주는 일 등
열심히 일정 시간을 어김없이 운동으로 보내는 일

내가 입 다물고 묵묵히 하는 것 같지만
힘들지 않아서가 아니고 할 만해서도 아니다.

다만 내가 이 세상에 한 인간으로, 여자라는 이름으로
살아가고 있으니 당연히 해야 할 일 하는 것이라고

내 분수에 넘치는 일일지라도
내게 주어진 이 일들이 내 안의 또 다른 나를

건강하고 아름답게 만드는 일이라 생각하며
땀 흘리고 한숨지어 가며 참아 내고 있을 뿐.

깨져 버린 찻잔에 위로를

아끼고 좋아하던 각각의 찻잔이 두 개씩이나
부딪혀 이가 나가고 깨어지는 일

매일 아침 뜨거운 커피를 예쁜 잔에
담아 향을 즐기고 맛을 음미하면서
잔을 들고 행복한 순간을 얼마나 보냈는지

조심스럽게 다루었는데도 어느 순간에 강한 물체에
부딪힌 찻잔은 내 마음도 모른 채 깨지고 부서져 버리니
내 마음 서운함이 무엇에 비할까?

그러나, 내 마음이 누군가의 강한 타격으로
상처받고 깨지고 아프지 않은 것이 얼마나 다행인지

마음의 상처를 무엇으로 치유한단 말인가?
내 마음이 다치지 않음에 위로를 하면서
잠시 서운하고 안타까운 마음은 더 예쁘고 정 가는
찻잔을 찾아내어 내 것으로 만드는 일.

나도 그리될 수 있을까?

인간의 모습이라 하기엔 너무도 아름다운 사람들이 가끔 내 눈에 보일 때가 있다.

나는 그들에게서 신의 모습이 저러한가 생각하게 된다.

황홀할 정도의 하얗게 빛나는 투명한 피부에 적당하게 동그란 눈과 오뚝한 콧날, 단정한 입매, 쫑긋한 두 귀와 찰랑거리는 풍성한 머릿결. 유명한 배우가 아님에 알아보지 못하고 모두를 기억할 수는 없다.

그렇지만, 순간 내 눈을 황홀하게 하고 나의 기억 저편에서 지워지지 않는 모습으로 남아 있는 그들을 비롯하여, 가슴과 머리에 온 마음을 채우는 목소리로 노래하는 사람, 장애인을 비롯하여 스스로 움직임이 어려운 이들에게 자기 몸을 다 바쳐서 그들의 수족이 되어 주는 사람, 어렵게 벌어 모은 돈을 더 어려운 이웃에게 기부하는 사람들, 항상 언행이 따뜻하여 사람을 편안하게 해 주며 위로해 주는 사람들.

모두가 내게는 분명 신처럼 느껴진다.

인간의 욕망과 고통을 어느 정도는 끊어 낸 것이 분명하다.

내게는 우러름의 대상이 아닐 수 없다.

아름다운 외모도, 눈물 나게 아름다운 선행도 왜 나는 갖지 못하나?

누구를 위하고픈 마음 앞서 내 몸과 마음 아픔에 몸부림치는 나를, 나는 지금도 보고 있다.

그저 지금 내 앞에 놓인 일상에 최선을 다하면 행복하다고 스스로 위로하며 행복의 그림만을 쫓아가고 있는 것이다.

나도 저들처럼 아름다운 모습을 가질 수 있을까?
나도 그리될 수 있을까?

구름에 달 가듯이

나의 피부와 코와 눈과 온몸으로 느껴지는 바람의 상쾌함이 더할 나위 없이 좋다.

푸른 하늘에 하얀 구름이 두둥실.

한가위를 이틀 앞둔 지금, 내 마음은 피곤한 몸과 부담스러운 과제들이 함께하고 있지만, 기분은 날씨가 주는 상쾌함으로 구름처럼 두둥실 가볍다. 잠깐의 휴식이 주는 감미롭고 달콤함이다.

더디고 서투른 가사 일을 하다 보니 더위가 느껴지는 순간순간을 벗어나고자, 입고 있었던 긴소매 옷을 벗고 헐렁한 민소매와 반바지를 다시 꺼내 입었다.

피부와 몸이 좋아한다. 거추장스러움 없는 옷차림이 움직임을 편하게 해 준다. 일하는 것이 빨라진다.

나이 육십을 넘기고도, 난생처음 추석맞이 음식들을 준비하는 과정이 힘들지만 나름으로 재미도 있다.

가족이 함께 모여 식탁에 둘러앉아 내가 만든 음식을 먹으며 정담을 나누는 일 또한 보람 있는 일임에는 분명하다.

내가 직접 만든 음식을 가지고 친정 부모님 성묘도 다녀왔다. 항상 큰집에서 만든 음식을 가지고 부모님께 성묘 갈 때마다 느꼈던 뭔지 조금은 부담이었던 느낌에서 벗어난 듯하여 좋다.

어찌 생각하면 모든 것이 부질없는 것일 수도 있으나 나의 마음은 그렇다.

추석 당일, 이른 아침부터 비가 많이 와서 시댁 선산으로 성묘를 가지 못했다.

정성과 분주함으로 준비한 음식들을 식탁에 올리고 가족 넷이 모여 든든하고 배부른 아침을 먹고 휴식의 시간을 가졌다.

낮이 되면서부터 비가 그치고 날씨가 좋아졌다.

밤이 되고 휘영청 밝은 달을 찾지만, 쉽지 않다. 구름에 가려진 달이 보이다 말기를 반복한다. 그러다가 '구름에 달 가듯이' 보름달의 움직임이 보인다.

달님에게 소원을 빌어 볼까?

달님이시여, 어두운 밤하늘에 빛이 되는 당신처럼 모두가 서로에게 빛이 되는 삶을 살아갈 수 있기를….

꼬여 있는 것

얽히고 꼬이고 풀어 나가고를 반복해 가는 삶의 굴레를 영원히 벗어날 수 있는 길이 있는가?

통돌이 세탁기에서 탈수를 마친 세탁물을 꺼내어 바구니에 담아 들고 베란다로 향했다.

빨래를 널기 위해 하나씩 집어 든 세탁물이지만 마구잡이로 얽히고 꼬인 세탁물 하나하나를 풀어 헤쳐 낱장의 옷가지와 양말을 건조대에 올리는 과정이 제법 신경이 쓰였다.

그렇게 하나씩 정리해 가며 건조대에 빨랫감을 모두 널고 보니 향기로운 세제 냄새와 함께 때 빠진 깨끗한 세탁물이 기분을 상쾌하게 한다.

항상 해 오던 일상이었는데, 굳이 오늘따라 힘들다는 생각을 하게 된 것은 단순히 나의 컨디션의 문제라고 볼 수만은 없다.

의도하지 않은 관계 부조화에 심신이 피곤하다.

꼬여 있는 모든 것을 풀어 나가며 해결하는 과정에서 느낄 수 있는 삶의 과정을 담담히 그리는 뭇사람 속에서 나는 왜 유독 문제의식을 가지는 걸까?

반복된 꼬임에 나는 지친 것인가?

드럼 세탁기가 편한 대신 때가 덜 빠진다는 단점이 있다는 말을 듣고 나는 기꺼이 불편을 감수하면서까지 통돌이 세탁기를 구매했고, 속이 깊어서 닿지 않는 팔과 손으로 세탁물을 꺼내기 위해 까치

발을 딛고 불편한 허리를 숙이는 것과 꼬여 있는 세탁물을 정리하면서, 건조대에 널러 가는 모든 과정이 나는 그냥 견딜 만하다고 생각했다.

　모두가 그렇게 생활해 가는 것이라 여기며 세월을 보냈는데, 이제 와 새삼 모든 것이 불편하고 짜증이 올라오는 것을 내가 어떻게 생각해야 하는지 모르겠다. 몸의 노화가 보내는 여러 가지 신호를 거부한 탓인가….

탁구공 1

어느 날
누군가의 손을 거쳐
내게 온 너는 아름답기 그지없는
모습으로 나를 황홀하게 하고

잠시 눈 감은 나를 떠나 버려
얼마나 안타까운 마음으로
너의 그 아름다운 모습을 그리며
잡으려고 애쓴 내 마음마저 버리고

다시는 너의 그 아름다운 모습을
볼 수가 없으니
나는 황홀했던 그 순간을
잊을 수가 없구나.

탁구공 2

하루하루 너와 노는 시간에
나의 생체는 가장 활발하다.

너를 만나고서부터 나는
네가 내게 오는 것을 거부하듯

힘차게 보내려 했지만
그것은 부족한 나의 행동이었다.

이제는 너를 크게 감싸안듯
보내고 싶지 않은 맘으로

기다리며 너를 맞이하고
서서히 보내련다.

탁구공 3

내 손바닥 한가운데 동그란 너를 올리고
아무런 기교 없이 가볍게 너를 보낸다.

반갑게 맞이하는 듯 그는
시공간을 맞추듯 너의 등을

쓰다듬는 듯 화려한 기교로
너를 홀리고 나에게 어렵게 보내온다.

너무도 하얀 너의 살갗을
마중하며 내 손과 도구가 어림하며 스친다.
나를 떠난 너의 모습은 회오리처럼 방황하며
누군가의 영역으로 위엄 있게 가라앉는다.

너무도 가벼운 너의 무게를
온몸으로 맞이하며 힘겹게 받아서
누군가를 떠나 내게 온 너를
불청객처럼 떠나보내듯 사정없이 때려 본다.

내가 발 딛고 있는 이곳에
오지 않기를 바라는 마음으로
하얀 너를 가벼운 너를
나는 떠나보내고 싶다.

가녀린 너의 모습에
만만하게 여긴 나는

또다시 찾아온 너를 사납게
때려 바스락 소리를 내며

다시는 돌아올 수 없는 너를 만들어 버렸다.
너의 수명이 다하는 순간이었다.

온갖 잡동사니들이 구겨지고 찢긴 채
버려지는 그곳으로 너는 간다.

함께 하고 싶은 님(탁구장에서)

내가 찾는 님의 모습은 보이지 않아
그대가 내게 와서 손 내밀어도
나는 그리움을 숨기고

그대가 찾는 나를 보이고 싶지 않아
내가 님의 모습 찾아 그리움이 쌓이는
사랑의 가슴으로 찾아가 볼까나.

더함 없는 이만함

1판 1쇄 발행 2026년 3월 31일

저자 김담희

교정 주현강   **편집** 윤혜린   **마케팅·지원** 조아라

펴낸곳 (주)하움출판사   **펴낸이** 문현광

이메일 haum1000@naver.com   **홈페이지** haum.kr
블로그 blog.naver.com/haum1000   **인스타그램** @haum1007

ISBN 979-11-7374-368-9(03810)